# 黒きインキの黙示録

弁理士探偵　羽生絹

川嶋秋月
Shugetsu Kawashima

Parade Books

# 前置き

本作品には、印刷やインキの製造に使われる耳慣れない機械、用語や、特許法の条文がいくつか登場しますが、理科や法律が苦手な方は説明文だけで理解できるようにしています。

もっとも、知的好奇心が旺盛な方はネットで検索して、印刷、インキの製造方法や特許法について詳しく知って頂いても結構です。

なお、法改正や製造方法の進歩、犯罪捜査の進歩などにより、本書の記載が実情とくい違う場合があることをご承知ください。

# 目次

# 第一章　奇妙な誘拐事件

1

岩城《いわじょう》哲子《てつこ》巡査部長、山中《やまなか》誠《まこと》警部補の両名が不可解な事件に巻き込まれたのは、令和五年一月十七日の四時過ぎだった。

岩城、山中の両名は、警視庁捜査一課特殊犯捜査第一係に属している。この係は、特殊犯捜査管理官の指揮下にあり、捜査対象は、誘拐・人質立てこもり・ハイジャックや、電話・文書による恐喝（脅迫）など、現在進行形の緊急を要する犯罪である。

哲子は、学生時代に前崎大学文学部で心理学を専攻した。その哲子が警察官の採用試験に応募したのは、犯人との心理的な駆け引きを味わってみたい、という単純な願望からだった。

ノンキャリアゆえ所轄の巡査からスタートしたが、いつかは警視庁捜査一課の刑事になるんだと自分に言い聞かせ、男社会の中で身を張ってきた。その努力が実を結び、捜査一課に配属された。

とはいえ希望していた強行犯捜査係ではなく、特殊犯捜査第一係で山中警部補の下に配属された。

近年、誘拐事件の中でも最も切迫した対応を迫られる身代金誘拐事件は激減しており、他の部署への応援ばかりで暇を持て余している。

五十歳を超えた山中は身代金誘拐事件をいくつも経験しており、哲子は彼から自慢話をしばしば聞かされ、身代金誘拐事件を一度は経験してみたいと潜在的に願っていた。

そんな矢先、思いがけない事件が舞い込んだ。

「テツ、緊急出動だ」

慌《あわ》ただしく席に戻った山中が哲子に告げた。

「どこですか？」

書類に目を通していた哲子は、緊急、という言葉に思わず椅子から腰を浮かせた。

「誘拐事件だ」

山中の言葉を聞いた瞬間、胸の高まりを憶えた。営利誘拐か？　哲子は、すぐにロッカーから茶色のコートを掴み出した。

哲子は胸の高まりが収まらないまま、コートを脇に抱えて運転席に乗り込んだ。山中とのコンビでハンドルを握るのは哲子の役割である。

「場所は墨田区墨田の岡山インキ株式会社だ」

山中から行き先の指示が飛ぶ。

「私たちだけですか？」

哲子はカーナビに行き先を打ち込みながら、他の車が出る気配がないのを訝《いぶか》しんだ。誘拐事件では、電話の傍受や身代金受け渡し場所の確認など、百人を超える体制を組むはず。それにしては少数だ。

「第一現場鑑識係が先着しているが、捜査一課からは俺たちだけだ。機動捜査隊の報告では、緊急性はないらしい。必要なら千人でも動員するが、今のところ俺たちだけで大丈夫という上の判断だ」

　その言葉は哲子の緊張感を失わせた。

「大した事件じゃないんですか」

「ていうか、奇妙な事件で身代金の要求はないそうだ。じゃ要求は何だって聞いても、行けばわかるとしか教えてくれないんだよ」

　何だかわからないが、説明するのも面倒な事件らしい。

「緊急出動って言ったじゃないですか？」

　煽《あお》り立てた山中に恨み節をかます。

「俺も後で知ったんだ。狂言かもしれないってさ」

「そんなバカな」

　狂言なら人命が奪われることはなく喜ぶべきなのに、思わず不謹慎《ふきんしん》な言葉を漏らしてしまった。でも一度騒いだ血は簡単には収まらない。

　警視庁から首都高速に乗ると、通常二十分もかからないが、事故による渋滞に巻き込まれ、岡山インキ株式会社に着いたのは五時過ぎだった。

　岡山インキ株式会社は、荒川土手に沿う都道四百四十九号荒川堤防線に面していた。五百坪ほどの敷地に、二階建ての管理棟と平屋の工場が繋《つな》がった社屋があった。

　哲子たちは管理棟の中会議室に通された。入ると機動捜査隊は帰った後で、数名の鑑識官が残っており、十人近い社員が詰めかけていた。

哲子たちは、岡山利通《おかやまとしみち》社長、岡山忠夫《ただお》専務と挨拶を交わす。

岡山社長は、総白髪で後頭部の毛が薄い熟年男性だ。歳は七十近くだろうか。社長という割には目がキョロキョロ動き、ドシッとした威厳が感じられない。

岡山専務は四十歳前後の男性で社長の息子らしい。白髪が交じった髪の下の精悍な目付きは、社長よりむしろ威厳があった。

「捜査一課の山中ですが、どういう状況でしょうか」

「中村君、君が説明しろ」

岡山社長が、若い社員に命じた。中村と呼ばれた男は中肉中背で、引き締まった体と真面目そうな顔の持ち主だ。

「社員の中村拓《なかむらひらく》と申します。誘拐されたのは我が社の技術顧問平尾健二《ひらおけんじ》です。平尾先生は一月十二日から姿が見えなくなり、捜索願を出していましたが、今日になって脅迫状が届いたのです」

緊張しているのか、所々詰まりながら語る。

手袋を嵌めた第一現場鑑識係の谷警部補が、テーブルに置かれた透明袋を指さす。袋には郵便封筒と、封筒から出した便箋、CDが透けて見える。

郵便封筒は、レターパックプラス便用の分厚く大きな封筒だった。

宛名は「東京都墨田区墨田××、岡山インキ株式会社、研究部、中村拓殿」とあり、差出人は「東京都港区南麻布××、平尾健二」だった。

「宛名も気になりますけど、差出人が誘拐された本人だなんて、ふざけていますな」

山中がぼそっと言った。

脅迫状なら差出人を無記名にするか、架空の住所氏名にするのが常識だ。

哲子は挑戦的な犯人の顔を思い浮かべた。

「では脅迫の内容を見せてください」

「脅迫状と被害者の声を録音したCDです」

谷が透明袋から便せんとCDを取り出し、山中に手渡した。山中が手袋を付けて便せんを開く。

山中の横から哲子も覗き込むと、紛《まぎ》れもない脅迫状だ。

「明日の午前零時に、岡山インキのホームページに万能水性インキの成分とその割合を掲載しろ、我々はホームページを見てインキの製造に着手し、性能を確認してから平尾を解放する」とあった。

「ホームページに万能水性インキの成分とその割合を掲載しろ、とありますが、どういう意味ですか。どなたか解ります？」

山中の疑問に、中村が遠慮がちに答えた。

「万能水性インキの成分をホームページに載せると、当社は特許がとれません」

「なぜ特許がとれないんですか？」

「詳しい説明は省きますが、世間一般に知られたときは、特許できないという決まりなんです」

どうやら法律的な問題らしい。

「特許がとれないと困るんですか？」

「他社が万能水性インキを製造しても、権利侵害だと言えなくなるんです」

「権利侵害とはどういう意味ですか？」

思わず哲子が口にした。

「特許権は、他人の製造や販売を禁止できる権利です。だから他社が製造すると、損害賠償を請求できます」

「なるほど、ホームページに載せると貴社は大きな不利益を被るんですね」

哲子はようやく脅迫状の意味がわかった。

「犯人の狙いは解りました。ではＣＤの録音を聴かせてください」

中村がパソコンを開いて、ＣＤの録音を再生した。

「中村君、犯人の要求を受け入れてくれ。でないと、俺は殺される」

激しい息づかいの声だった。

「本人の声に間違いないですか」

山中の問いに、社員たちが「はい」と声を揃えた。

「犯人の要求は受け入れるつもりですか？」

「ええ、大事な社員の命には代えられませんので」

岡山専務がうなずく。

「掲載する予定の原稿はできているんですか？」

「中村君、原稿をお見せしろ」

中村がパソコンから開いて見せた画面には、以下のように記載されていた。

「弊社は、昨年十月に発表した万能水性インキの全てを、インキ技術の発展に貢献すべく公開いたします。万能水性インキの成分は……、その割合は……」

犯人の要求を満たす内容だった。

「取りあえず被害者の身の安全は確保されますな」

山中が安堵《あんど》の言葉を漏らした。誘拐事件では、誘拐された人の身の安全を確保するのが最優先だ。

「ところで、郵便物が届いたのは何時頃ですかな」

山中が中村に訊《たず》ねた。

事件の経過を記録するために必要な事項だ。

「午後四時頃でした」

「警察への通報時期と同じですね」

「もちろんです。私どもは平尾先生の命を最優先に行動しています」

ここで、岡山社長が口を挟んだ。

「でも、こっちだってそれなりの手を打つつもりですよ」

「社長、それは警察の方に関係ないですよ」

岡山専務が社長をたしなめるように言った。

哲子は社長の言葉が気になったが、警察に関係ないと言われると黙っているしかない。そこで、重要な点に移った。

「ホームページを見た犯人は、インキの製造に着手し、性能を確認して被害者を解放する、と言っています。この点は大丈夫なんでしょうね」

単なる確認だった。が、中村は落ち着かない様子で、何か言いかけた後、「はい」と弱々しく答えた。

中村の原稿通り公開すれば、平尾は無事戻ってくるだろう。それなら警察の捜査は犯人を特定する作業に絞られる。

　以前、社長を誘拐して身代金を要求する事件や、商品に毒を混ぜると脅して現金を要求する事件があった。

　だが、この事件のように金品の要求はなく、機密データを世間に公表しろという事件は山中からも聞いたことがない。犯人だけに機密を寄越せ、というのであればわかるが。


「それでは動機の解明を進めたいと思います」

　山中が次の問題点に移ったが、哲子には確認しておきたい事項があった。

「その前に質問をしていいですか」

「なんだ哲子、言ってみろ」

「万能水性インキってどういうものですか？」

　哲子の質問に、中村がうなずいて答えた。

「誘拐された平尾先生が開発したもので、どんな材料にでも印刷できるという画期的なインキなんです」

「誘拐された人が開発したんでしょう。だったら、誘拐犯は本人から直接訊けばいいんじゃないですか」

　平尾に目隠しを掛け、場所も犯人の顔もわからない状態で、インキのデータを聞き出せば済むはずだ。

　哲子の指摘に、山中が反論した。

「それで済むならとっくに平尾さんを開放しているだろう」

「だから差出人が平尾さんになっているんじゃないですか」

「まさか」

二人の議論は、中村によって終止符を打たれた。

「先生から直接秘密を聞き出すだけだと、事件の解決後に万能水性インキを造った会社が先生を誘拐したってばれます」

「自社で開発したと言えば良いじゃないですか」

哲子はなおも食い下がった。

「各社が必死で研究しても実現していない技術です。このタイミングで、開発したと言っても誰も信じません」

「万能水性インキって、そんなにすごいものなんですか」

「でも公開すると誰でも造れますから、疑われることはありません」

哲子は中村といくつか問答を繰り返した後、言われてみるとその通りと納得した。

が、一つわかれば次の疑問が湧いてくる。

「いやいや、どの会社も造れるのなら、犯人は他社のために危険を冒すことになりますよ。犯人だけに何か特別の利益があるんですか」

「そこはよくわかりません」

話が行き詰まって、室内に沈黙が流れた。

山中が沈黙を破って、

「もっとも貴社もインキを造れるから、それほどの損害じゃないですな」

と、軽く言った。

が、この言葉に岡山社長が反論した。

「それは違います。うちの不利益は大きいんです。小さい会社ですが、年間の売上が五、六十億円あったのが、近年は売上も利益も減ってきていて、この万能水性インキで一気に挽回しようとしていたんです」

「でも貴社でインキを造るな、という要求ではありませんね」

哲子は山中に代わって、念を押した。

「でも大会社がうちと同じインキを造り出したら、我が社のシェアは殆どなくなります。知名度も販売力も大会社には太刀打ちできませんから」

岡山専務が会社の窮状《きゅうじょう》を説明した。

「なるほど、犯人は大きな利益を得ることができるんですね。それに該当する会社はありますか？」

哲子の質問には、誰も口を開こうとしない。

見かねた岡山専務が、「中村、君はどう思うのか。言ってみろ」と中村に催促した。

名指しされた中村は、たとたどしく答えた。

「自社で水性インキの開発をかなり進めていて、完成に近い技術を持っている会社なら、公開されたデータから性能の良いインキを造れると思いますが……」

中村の不安げな様子が気になったが、犯人は特定できそうな気がした。

「具体的な社名を教えてください」

「大きいインキ会社なら、アジアインキとか世界インキとか、関西にも神戸インキとか、他にも数社があります」

哲子は挙げられた会社名をタブレットに打ち込んだ。

そのとき、山中が哲子に指示した。

「テツ、後の聴き取りはお前に任せる。良い勉強だろ」

哲子に経験を積ませてやろうというのだ。哲子には嬉しい親心だった。

## 2

哲子は事件を最初から組み立てることにした。まず、レターパックプラス便の宛先を見直した。

「脅迫状は中村さん宛てだし、録音でも中村さんに呼びかけていますね。なぜですか？」

「私が先生の指導を受けていて、万能水性インキの内容に詳しいことを、犯人が先生から聞き出したんだと思います。万能水性インキの成分や製法も私は知っています。犯人はそれが手っ取り早いと考えたんでしょう」

「ならわかります」

哲子が次の質問に移ろうとしたとき、岡山専務が鋭い質問を投げてきた。

「レターパックプラス便って一種の書留でしょう。郵便窓口の防犯カメラに犯人が映っているんじゃないですか」

すぐに犯人がわかる、と言いたいのだろう。

「郵便窓口から投函したのであればそうですが、ポストに投函した可能性が高いです。普通の書留郵便は郵便局で発送番号を決めるんですが、レターパックプラス便は最初から発送番号が印刷されているので、ポスト投函でも書留扱いになるんです」

「すると犯人は顔を見られていないのですか」

岡山専務始め会社関係者の顔が一斉に曇る。

「各郵便ポストの防犯カメラ映像を探して、怪しい人物を絞り込んでみます」

会社関係者たちの顔には一様に安堵の色が浮かんだ。

でも哲子は心中疑問を抱いていた。マニュアル通りに答えたものの、犯人が素顔をさらすようなドジを踏むとは思えない。集配に回る郵便ポストの数は多いし、冬なので帽子、マフラー、マスクをしている人も多い。その中から犯人を特定するのは困難だと思われた。

またレターパックプラスを購入した郵便局は番号からわかる。が、郵便局の防犯カメラ映像の保存期間はせいぜい三ヶ月。それより短い局も多い。その前に購入したのであれば、犯人の顔がわからない。

哲子は次の質問に移った。

「平尾さんが行方不明になる前の詳しい状況を話して貰えませんか。直前まで近くにいた方がいらっしゃいませんか」

「中村が一緒にインキを造っていました」

岡山専務が中村に目で合図した。

「一月十日に、明日の午後六時から万能水性インキの成分と造り方を教えてやると告げられました。それで約束の時間の十五分前に現場に行くと、すでに先生がスタンバイしていました」

「遅れたわけじゃないのですね」

何事にも過剰に権力を振るう上司に、遅刻を厳しく叱責《しっせき》されたのであれば、その恨みが動機となりうる。

「約束の時間には間に合いましたが、先生よりも遅れたので謝りました。先生は（謝ることはない。約束の時間よりまだ十五分ある）と柔和な笑顔を浮かべておられました」

それが本当なら問題ない。

「どうぞ、続けてください」

「（これから試作をするが、試作品と言っても、うまくいけば印刷会社に出荷するから、そのつもりで造るんだぞ）と先生に言われ、万能水性インキを自分の手で造る喜びで一杯でした。先生は原材料の投入量の表を渡し、じっと傍らで私の作業を見守っておられました。でも、まもなく最終工程に入るときに、僕はもう帰る、と言われました」

「途中で放りっぱなしにされたんですか？」

「私は意外でした。最後まで指導してもらえないのですか、と言ったのですが、（ここまでの作業を見ていると、君はよく調べてきている。後は君一人でできるだろう。僕がいるとかえってためにならん）と言われました」

平尾は相当気まぐれな性格のようだ。

「平尾氏が現場を離れたのは何時頃ですか？」

「腕時計を見ると十時半少し前でした。終電には早すぎるのに残念でしたが、きっとお疲れなんだと思い、ありがとうございました、と頭を下げました。できたインキはこの五キロ缶に詰めて、ラベルにスタンプを押して出荷棚に置けばいい、と言われたので、私は、お疲れ様でした、と気持ちよく後ろ姿を見送りました。その後は先生の姿を見ていません」

平尾と中村の師弟関係を考えると、中村の態度はごく自然に思えた。

「そのとき、平尾氏が誘拐されそうな前兆を感じませんでしたか」

「まったく感じませんでした」

「製造現場には他の人がいなかったのですか？」

「いません。先生はテストをするときは、必ず従業員を現場から閉め出します。秘密を盗まれるから、と言われていました」

「秘密といっても同じ社内じゃないですか」

そのとき、岡山専務が強い口調で割って入った。

「うちのような小さい会社には、先生が開発したインキの秘密を持って、大会社に転職する技術者がいるんです。それでテストの担当者以外は、現場に立ち入らせないんです」

そういう技術者がいるなら、有力な容疑者だ。

「具体的に平尾氏のインキの秘密を持って転職した人はいるんですか？」

「たとえばアジアインキに転職した小中ですね」

岡山社長も「そうだ」と大きくうなずいている。

哲子はタブレットに『アジアインキ　小中』とメモして、質問を続ける。

「中村さんはその後どうされたのですか？」

「私がインキを造り終え、できたインキを五キロ缶六個に詰めたのは、十二時近くでした」

「その後は？」

「まだ終電に間に合う時間でしたので、手早く着替えて駅まで走りました」

「どういう経路で帰宅されたのですか？」

「鐘ヶ淵駅から東武亀戸線に乗り、亀戸駅でＪＲ総武線に乗り換えて東船橋駅で降りて家まで歩きました。家に着いたのは、一時少し前だったと思います」

「鐘ヶ淵駅までは歩いたのですか？」

「もちろんです」

「帰宅したのを証明できる方はいますか？」

相次ぐ質問を疑問に思ったのか、中村が逆に聞いてきた。

「私を疑っているんですか？」

中村がこわばった表情で、哲子の顔を見つめた。

「どなたにも訊《き》くことです」

哲子はさらっと決まり文句を返した。

「自宅には妹がいますが、妹は寝ていました」

「妹さんの証言は当てになりませんよ」

この発言は不用意だった。

「テツ、取り調べじゃないぞ。言葉に気をつけろ」

山中にたしなめられ、哲子はハッと気が付いた。日頃から山中に「お前の言葉はキツすぎる」と注意されている。

「それで平尾さんは何時に会社を出たんでしょうか？」

少し口調を和らげて訊くと、岡山専務が答えた。

「通用門を午後十時半に出ています」

「通用門はどういう構造ですか？」

「業者や社内の車が通る扉はスライド式で、守衛室のボタンで開閉する仕組みです。門の横に人の出入り用ゲートがあり、社員カードをタッチすると開く構造です」

それなら記録を信じて良さそうだ。

「その日、平尾さんは何時に出社されたんですか」

「普段どおり、玄関ゲートを朝九時前に通っています」

哲子は岡山専務の言葉に、少し引っ掛かりを感じた。

「普段どおりでないこともあるんですか？」

「ええ、昼頃になることもあります。そんなときは通用門のゲートを通ってくるんです」

「そんなに遅くても咎《とが》めないんですか？」

するとと岡山専務がにやついた。

「理由が理由だけに、咎められません」

「とは？」

「親しい女性の家に泊まっているようなんです」

「なぜそう思うんですか？」

「帰宅が遅いと、奥様から問い合わせの電話があるんですよ。そのときは、徹夜実験の最中だと返事するよう社員に伝えていますす」

「そんな便宜まで計っていたんですか」

「我が社に多大な貢献をされた先生のことなので、目をつぶっていたんです」

哲子は思わず山中の顔を見た。

「男と女の話だ。それ以上深入りするな。社内を見せてもらうのが先だ」

山中が哲子に指示した。

中村や専務への質問で失踪直前の状況はおおむね把握できている。愛人がいたかどうかまで、いますぐに調べる必要はない。山中の指示はもっともだった。

「平尾さんが通用門を出たときの防犯カメラ映像を確認させて下さい」

防犯カメラ映像を見ると、ダウンジャケットのフードを深く被り、マスクをしていた。

「これでは、本人かどうか、よくわかりませんね」

哲子が指摘すると、岡山専務と中村が同時に言った。

「ダウンジャケットは間違いなく先生の物です」

そう言われると、疑問の余地はない。

「それでは社内の見学に移りましょうか」

哲子は山中に向かって言った。

「それでいいだろ」

3

哲子たちは、岡山専務の案内で製造現場に足を踏み入れた。

鑑識官たちも同行している。

「匂いがきついですね」

「ブロワーでできるだけ蒸気を排出していますが、キシレン、トルエンなどの揮発性溶剤を使うので、匂いを無くすのは無理です」

キシレンやトルエンはシンナー遊びで昔よく使われた溶剤だ。哲子もその程度の知識はある。

「人体に害はないのですか？」

「うんと薄めていますので、害はありません。それに長時間連続で作業しないようにしています」

衛生検査ではないので、それ以上の口出しは止め、中村の説明を聞くことにする。

大きな音を立てている機械の傍らでは、従業員が忙しく動き回っていた。

「これが何々で、……」

中村が機械の名前を説明すると、鑑識官が機械の写真を次々と撮っていく。

現場の見学が終わると、哲子は岡山専務に頼んだ。

「通用門を見せてもらえませんか？」

平尾が誘拐された場所を特定するためだ。

中村や岡山専務の説明では、平尾が午後十時半に通用門を出た記録があったが、哲子は防犯カメラ映像を疑っていた。防犯カメラに写っていた人物が平尾以外の人物かもしれないのだ。

そのようなケースは今のところ浮かばないが、頭に入れておく必要がある。今後の捜査の進展状況によっては、平尾ではなかった可能性が浮上するだろう。

哲子たちは、製造棟の裏口を出て、通用門に向かった。

通用門の外側で高さ四メートルほどの位置に、防犯カメラが取り付けられている。先ほど確認した映像のとおり、この位置からだとフードを被った人の顔は肝心な部分が隠れてしまうのだ。

また通用門の周囲の塀は、人の背からすればかなり高いが、何かを台にすれば簡単に乗り越えられそうだ。

ざくっと確認すると、製造棟に戻った。

「平尾氏の席はどこですか？」

「顧問室に案内します」

中村の案内で製造棟を出て、本館の顧問室に入ると、鑑識官たちがワイングラスから指紋の採取をしている最中だった。

「何か物的証拠が見つかったんですか？」

山中が谷に訊ねた。

「いや、今のところたいした収穫はない」

二人が話す横で、哲子は中村に訊ねた。

「平尾さんは社内でワインを飲んでおられたのですか？」

「ええ、勤務時間中も飲んでおられました。私が最初に先生にお会いしたときは、顔を真っ赤にされていました」

中村がこともなげに話す。

好き勝手な振る舞いをする人物なら、社内だけでなくプライベートでも多くの人の反感や恨みを買っていただろう。怨恨《えんこん》の線もあり得ると思えた。

質問を終えた哲子たちは鑑識官と別れを告げ、会議室に戻った。


哲子たちが会議室に戻ってまもなく、「奥様がお見えです」と女性社員が平尾夫人を案内してきた。平尾夫人は歳に似合わない派手な花模様のワンピースと、大きなネックレスを身に付けている。年齢は六十歳近くだろう。

平尾夫人は部屋に入るやすぐに、岡山社長に深々とお辞儀をした。社長、専務、他の社員も立ち上がって平尾夫人にお辞儀を返す。

頃合いを見計らって、哲子と山中が警察手帳を夫人に見せながら挨拶した。

「主人に何かあったのですか？」

警察は、平尾氏の誘拐をまだ夫人には伝えていなかった。周囲の人に漏らすおそれがあるからだ。

「取りあえず今の状況を伝えます。岩城、説明しろ」

「こういう手紙が届いています」

哲子が、脅迫状とCDのコピーを夫人に見せた。現物は鑑識官が持ち帰っている。

手紙を読んだ夫人の顔色が変わった。

「蒸発したと思っていたのに誘拐されたのですね」

「なぜ蒸発だと思われたのですか」

「だって、あの日は徹夜で実験すると言ってましたのよ。いなくなったと聞いて、女のところだと思っておりました」

「なぜそう思われたのですか？」

「だってあの歳で週に何回も徹夜で実験なんかできませんよ。あなた方も女がいることをご存じだったのでしょう？」

夫人は社長たちに視線を向けた。会社では徹夜実験だと夫人に伝えていたが、夫人はとっくに嘘を見抜いていた。

社長と専務は互いに顔を見合わせて、大きく首を横に振った。

「まだ主人に死なれたら困ります。なんとか助けてください。お願いしますよ」

夫人が大げさに眉をひそめたが、その表情からは悲しさを感じ取ることはできない。

「ご安心ください。犯人の要求に応じましたので、間もなく解放されると思います」

「それなら安心です」

夫人は不自然に安堵の表情を作った。

「CDの声が平尾氏に間違いないか、奥様に確認してもらってください」

山中の催促に応じて、中村がCDのコピーを再生した。それを聞いた夫人は大きくうなずいた。

「確かに主人の声です」

「一月十一日の夜はご自宅におられたのですか？」

「あの夜は友達のパーティーに呼ばれていました。主人が徹夜実験で戻って来ないとわかっていましたから」

「一月十二日はどうされていました？」

「ずっと家にいたわよ。夕方になって会社から平尾が戻っていないって電話してきたの。朝から判っていたはずなのに、夕方に連絡してくるなんて、会社も会社だわ。自宅にいるのか、女のところにいるのか、確認しようと思ったんでしょう」

平尾夫人が溜まっていた鬱憤《うっぷん》を吐き出すかのように、一気にしゃべった。

興奮している様子を観察していると、平尾夫人は誘拐に関与していないと思えてきた。

「ご主人と連絡は取れなかったのですか？」

「スマホを持ってないいんだもの。連絡しようがないいんです」

「なぜ持たないいんですか？」

「スマホを持ってくださいと頼んでも、仕事中に電話されると邪魔だ、とか言ってたわ。女には会社から電話していたはずなのに。

あの日は平尾が出社していないと連絡があったので、今度こそ女の居所をはっきりさせてやる、って警察に届けたのよ」

夫婦関係が破綻していたのだ。でもそれは事件には関係なさそうだ。

「こちらの訊きたいことは以上です」

これ以上訊ねても、有益な情報は得られそうにない。哲子は質問を打ち切った。

哲子と山中が岡山インキを後にしたのは、午後八時半頃だった。誘拐事件にしては早すぎる帰庁。なんだか期待外れの事件になりそうな気がしてきた。

警視庁に戻る車の中で、山中が話しかけてきた。

「哲子、この事件どう思う？」

「どう思うって」

哲子は返事に窮した。何を言わせたいのか山中の意図がわからない。

「俺の勘だと、この事件は狂言だ」

「まさか」

「何とかインキってのが重要な技術なら、その秘密を公開するとどうなる？」

「わかりません」

「そんなこともわからねえのか。少しは経済も勉強しろ。いいか、間違いなく株が下がるんだよ。会社はそれを見越して空売り（※1）しておけばたっぷり儲かるんだ」

「空売りってなんですか？」

「めんどうくせえな。スマホでも見て勉強しておけ。とにかく普通は株が上がれば儲かるんだけど、空売りは株が下がれば儲かる仕組みだ」

山中の言うことが正しいかもしれない。哲子にはわからないことが多すぎる。いたずらか狂言かと思わせる部分も確かにある。しかし平尾夫人から行方不明届が出されているし、脅迫状が届いているので、一応誘拐事件の範疇《はんちゅう》には入る。

身代金誘拐事件や企業恐喝事件なら、金銭の授受がつきまとうので、犯人との接点がある。相手の電話を傍受して電話番号を突き止め、金銭の渡し場所で犯人を捕まえることが可能だ。

だがこの事件では相手との接点がないので、手の打ちようがない。刑事が何人いても同じだ。

「私たちだけを寄越した田中管理官の判断は正しかったようですね」

貴重な経験を期待した自分の甘さを認めざるを得ない。

「そうだ。インキの成分をホームページに公開しろ、なんて平尾氏の解放条件が笑わせる。前にも、よく似た詐欺事件があった。昔の資料でも読んでおけ」

だが、そこまで言われると哲子には反発心が湧いてきた。昔の経験は大事だが、それに囚われるな、とは山中から聞いた言葉だ。事件の個性ともいうべき人間関係や時代背景が違うからという。そのくせ、山中は過去の経験から狂言説に拘っている。

哲子は、山中とは一線を画し、犯人の手掛かりをどう掴もうかと考えていた。

岡山インキがホームページにインキのデータを公開したことは哲子も確認済みだ。うまく行けば、公開時刻にアクセスした企業を特定して犯人が判るかもしれない。

## 4

弁理士羽生絹《はにゅうきぬ》の机上の電話が鳴った。受話器を取ると、はやぶさ特許事務所の所長早見祐二《はやみゆうじ》の甲高い声が耳に響いた。

「急ぎの仕事があるんだ。引き受けてくれないか」

そろそろ帰ろうかと思っている矢先だった。絹はフリーランスの弁理士なので、時間に縛《しば》られず、定刻前に帰ってもいいのだ。いつものように日比谷公園で油を売っておけばよかった、と後悔した。

だが聞いてしまった以上、仕事の依頼を無視できない。

「クライアントはどこですか？」

「岡山インキだ」

絹は我が耳を疑った。

「それは倉敷さんの担当のはずですが」

絹はバイオ担当で、化学系の案件は扱っていない。それは早見も承知のはずだ。

「実は今日中に出願してくれって言われている。倉敷君は子供がいるからそんなに遅くまで仕事ができないだろ。それに迅速に処理できるのは君を置いて他にはいないんだよ」

おだての言葉にはムカついたが、倉敷に夜間業務が無理なのは理解できる。

「解りました」

渋々了解すると、即指示された。

「では、応接室に行ってくれ」

絹が応接室に入ると、額に汗を浮かべた二人の男が絹を出迎えた。

「お話は聞いております。倉敷はあいにく手の放せない業務がありますので、羽生が担当させて頂きます」

そう言って『はやぶさ特許事務所　バイオ担当　医師兼弁理士　羽生　絹』と書かれた名刺を渡すと、当惑気味だった二人の顔が明るくなった。なじみの倉敷でなくても、医師免許を持っている弁理士が担当するからだろう。

「特許担当の加美山です」

「開発担当の中村です」

名刺交換後、加美山が用件を切り出した。

「実は、当社としては特許出願せずに、ノウハウとしておくつもりだったインキの発明を、今日中に出願する必要が生じました」

「その件は早見からも伺っておりますが、どういう理由なのか、よろしければ教えて頂けませんか？」

「具体的なことは言えませんが、明日の午前零時には当社のホームページに掲載する必要がありまして、公開する前に特許出願しておきたいのです」

なぜ急に公開するのか、という疑問はあるが、深入りしてはいけないようだ。

「そういう事情なら了解しました」

公開する前に特許出願しなければならない理由は、特許法二十九条一項に規定されるように、新規な発明でなければならないからである。

新規な発明と認められるためには、特許出願前に公然知られていないこと、公然実施をされていないこと、頒布された刊行物に記載され又は電気回線を通じて公衆に利用可能となっていないことが必要だ。ホームページに掲載すれば、電気回線を通じて公衆に利用可能となるので、ホームページに掲載した後は、新規性がないと判断される。

ただし、特許出願前とは、時、分も基準とするので、特許庁にインターネットで出願した時刻が午前零時前であればいい。

現在午後五時十分だ。明日の一月十八日午前零時までおよそ九時間ある。

絹にとってギリギリだが、不可能ではない。

また、特許法二十九条二項に規定される進歩性を満たすことを明確にしておくことが好ましい。そのためには、実際にインキを製造して、そのインキで印刷テストをした結果を具体的に記載すればいい。今まで以上の効果を発揮できることを示すためである。

特許出願に必要な書面として、願書、特許請求の範囲、明細書、要約書、図面がある。ただし、化学系などの分野では、必ずしも図面は必要ない。

明細書には発明の名称と発明の詳細な説明を記載する必要があり、さらに発明の詳細な説明は、技術分野、背景技術、先行技術文献、発明が解決しようとする課題、課題を解決するための手段、発明の効果、発明を実施するための形態などに分けて詳しく記載する必要がある。

特に、発明を実施するための形態には、第三者が発明を実施できるように、インキの成分の割合や、各成分の物質名を例示する必要がある。

これらが記載されていないと、発明を開示したことにはならず、特許を受けることができない。特許権とは、発明開示の代償として与えられる権利だからである。

ただし、特許法六十四条に規定されるように、原則として特許出願から一年半の間は一般に公開されないので、すぐに発明が第三者に模倣される心配はない。

「発明内容にもよりますが、なんとかやってみます。発明の内容を説明して下さい」

中村が、予め用意してきた特許出願の依頼書を絹に渡した。

「何から説明すればいいんでしょうか？」

絹は依頼書に書かれた事項に沿って訊いてゆく。

「まず、発明の名称ですが、『万能水性インキ』とするのは疑問があります」

「おかしいですか？」

中村の疑問に、絹は確認した。

「それは貴社の呼び名じゃないですか？」

「そうですけど」

「商品名を付けるのは問題があります。それに今後の展開によっては、権利範囲を不当に狭めるおそれがあります。発明の名称は単に『インキ』とするか、せめて『水性インキ』にしておくのがいいと思います」

「『インキ』や『水性インキ』ではあまりに抽象的なので、『印刷インキ』にしてもらえませんか」

加美山の言葉に、絹は少し考えてから返事した。

「例えば筆記具やインキジェットに用いるケースは考えられませんか」

「なるほど、では発明の名称は『水性インキ』にしてください」

加美山が納得した。

「解りました。では、従来の技術とその問題点から説明をお願いします」

絹の要請に従って、中村が説明を始めた。

「以前から、プラスチックに印刷するための印刷インキは、主として油性インキが使われています。油性インキの製造時に有機溶剤を使いますので、人体に悪影響を及ぼします。特に、印刷する際、印刷ロールにこびりついたインキをジクロロエタンで除去したために、ガン発生の原因となったことがありました。

そこで最近では、水性インキも用いられていますが、プラスチックの中でもポリプロピレン（※2）に印刷しても剥がれない水性インキはまだ出現していません。

もっとも、フレキソ印刷ではかなり性能が向上したインキもありますが、水なしオフセット印刷には適用できません」

中村が耳慣れない言葉を口にした。

「フレキソ印刷と水なしオフセット印刷の違いを簡単に説明して下さい」

「オフセット印刷（※3）とは、インキが乗った部分の周囲を湿し水で囲んでおいて、インキを被印刷面に転写する方法ですが、水性インキは湿し水と混ざるので、オフセット印刷は油性インキしか使えません。

そこで、水を弾くシリコンゴムで文字や模様の周りを囲んだ版を使えば、水性インキでも印刷できます。これが水なしオフセット印刷です。

一方、オフセット版の代わりに、プラスチック製の凸版を使うのがフレキソ印刷で、凸の部分で強く紙面にインキを押しつけるので、インキが剥がれにくくなります」

「いま説明して頂いた事項を従来技術として記載しておきます。ところで剥がれるか、剥がれないかの判断基準はなんですか？」

「下地とインキとの接着力（※4）を測定して、ミリ当たり0・03ニュートン未満なら簡単に剥がれます。0・03ニュートン以上なら剥がれにくいですが、ポリプロピレンには使えません。0・05ニュートン以上あればポリプロピレンに使えます」

印刷については概ね理解できたので、次の質問に進む。

「ではインキの成分について説明して下さい」

「インキの成分は、顔料12～30％、水性ウレタン樹脂1～20％、溶剤30～70％、残りは添加剤です」

「顔料にはどういう物質がありますか？」

「顔料は一般に使われているものであればいいんです。例えば炭酸カルシウム、炭酸バリウム、炭酸バリウム、カオリンクレイ、シリカやカーボンブラックがあります」

「溶剤には何があるんですか？」

「水、プロパノール、プロピレングリコールなどがあります」

「添加剤には、何があるんですか？」

「顔料分散剤、中和剤、増粘剤、防錆剤、防腐剤などに加えてＨＫＥ剤があります」

中村が意味不明の物質名を口にした。

「ＨＫＥ剤とは何ですか？」

「平尾先生が開発した添加剤で、金を添加していることはわかっているのですが、一部わからない成分Ｘがあります」

「Ｘがなくても発明の効果を発揮することができるのですか？」

「弱いですが、効果は発揮できます」

「一応効果が発揮できるのでしたら、特許は可能と思います。ただし、ＨＫＥ剤とかＸなどという名称は、具体的な材質がわからないので、使用できません。添加剤として『貴金属』を記載し、金、銀、プラチナ、パラジウム、ロジウム、イリジウム、ルテニウム、オスミウム、及び貴金属を含む合金を例示しておきます」

「金以外は使っていませんが」

「私の推測ですが、貴金属類であれば、金と同様の効果を発揮できると思います。もちろん、効果に若干の差はあると思いますが」

「お任せします」

「では具体的な実施例について説明して下さい」

「何から説明したらいいんですか」

「まずインキの製造工程ですが、それはこの特許出願の依頼書に書いてある通りですね」

「そうです」

「では、製造工程はこちらでまとめて置くとして、印刷テストはしていないんですか？」

「平尾先生が印刷テストをして、接着力がミリ当たり０・０３ニュートンだったと、実験記録に書いています。また、貴金属として金を使った、と書いたノートも出てきました」

印刷テストの結果は、発明の効果を裏付けるために、どうしても必要だ。ただし、どのようにテストをしたのかも、記載しないと意味がない。

「印刷テストの方法を記載する必要がありますよ」

絹が念を押すと、中村は困った顔になった。

「平尾さんから教えてもらってないんですか？」

「ですけど、会社にテスト装置がありますので、帰ってから、メールに添付して送ります」

これで特許出願の目途が立った。

「後はこちらでまとめておきます」

中村の説明から特許出願書類を記載するのが弁理士の仕事だ。

「ところで、こんなに急いで出願した書類には必ず抜けがありますので、いずれ国内優先権を主張して、新たに特許出願をしたほうがいいと思います」

絹は加美山にアドバイスした。

「国内優先権ってなんですか。うちは経験がないんですけど」

「特許法四十一条に規定される制度です。一度出願した後で、新たな成分などが見つかったとき、国内優先権を主張して新たな特許出願をすると、出願日が最初の出願日にしたものと見做されるので、先願権を確保できるんです。ただし、注意事項があるんですが、それは次の出願をするときに説明します」

「わかりました。改めて相談に来ます」


加美山と中村が帰った後、絹は特許出願書類の作成に取りかかった。

特許出願書類のうち願書には、出願日（令和五年一月十七日）を記載し、特許出願の出願人として『岡山インキ株式会社』を住所とともに記載し、発明者として『平尾健二』を住所と共に記載し、代理人として『弁理士羽生絹』を記載した。

発明の名称は、『水性インキ』とした。

発明の詳細な説明のうち技術分野、背景技術、先行技術文献の記載は、経験豊かな弁理士にとっては、ほとんど手間がかからない。

発明が解決しようとする課題には、「従来より、油性インキの製造時や印刷のときに人体に悪影響を及ぼすので、水性インキが使用されているが、プラスチックの中でもポリプロピレンに印刷できるインキはまだ存在しない」などと記載した。

課題を解決するための手段では、水性インキの成分として、顔料や水性ウレタン樹脂、溶剤、添加剤をまず挙げ、次にそれらの具体的な物質を記載した。顔料は色の種類によってほぼ決まっている。

添加剤は、顔料分散剤、中和剤、増粘剤、防錆剤、防腐剤などに貴金属を加えて、金、銀、プラチナ、パラジウム、ロジウム、イリジウム、ルテニウム、オスミウム、及び貴金属を含む合金を例示した。

また、発明の実施形態には、水性インキの具体的な組成と各成分や、製造工程を例示した。

さらに、発明の効果を示すために、中村から送られてきたメールに添付されていた印刷テストの方法と結果も記載した。

絹は作成した特許出願書類を中村にメールで送り、加美山から絹に送られてきた指示に従って、特許庁に特許出願をした。

だが、絹は岡山インキが本日中になぜ出願する必要があるのか、その理由が気になった。加美山や中村の表情からすると、相当深刻な状況があるようだ。

何か大きな事件に発展するような胸騒ぎがしたのだ。もっとも、事件好きという、弁理士にあるまじき絹の性格が、そう思わせたのかもしれないが。

## 5

警視庁に戻って報告した結果、上層部の判断で、取りあえず誘拐事件の捜査本部は設置されないことになった。狂言だろうと主張する刑事が多いし、すでに犯人の要求を受け入れているので、平尾が解放される見通しが立っていたからだ。

犯人の捜索は、必要に応じ、特殊犯捜査第二係や第三係の刑事たちの応援をあおぎつつ、山中、岩城の両刑事が捜査すれば十分だろう、と田中管理官が判断した。

だが、哲子は本当に平尾が釈放されるかどうか、疑問を持っていた。犯人の顔を平尾に知られたので、殺害する可能性がある。もっとも狂言なら問題は起きないが。

意外なことに、警視庁の捜査支援分析センターの調べで、一月十七日午後十二時前に、岡山インキのホームページへのアクセス数が異常に多いことがわかった。主なアクセス元は世界インキ、アジアインキ、神戸インキ、など大小合わせて十社ほどの企業だった。これらの会社は岡山インキのホームページに重要な情報が掲載されるとわかっていたようだ。

「山さん、申し合わせたように、多くのインキ会社が午後十二時前からホームページにアクセスしています」

「最初にアクセスした会社が怪しい、って訳でもないのか」

「犯人だけならわかるんですが、多くの会社がアクセスしています。どう考えたらいいんですかね」

「わかんねえ。犯人がインキ会社に手紙でも送ったのだろう。電子メールなら調べられるんだが」

「ダメ元で頼んでおきます」

だが、各インキ会社にインキデータの公開に関する電子メールが送られた形跡はない、と捜査支援分析センターから連絡があった。

アクセスした会社に問い合わせれば理由はわかるが、問い合わせると事件の発生を嗅ぎつけられるので、それもできない。アクセス元の調査は不発に終わり、哲子の期待は叶わなかった。

また、哲子は平尾が消えた日の姿を追って、岡山インキ付近の防犯カメラも調べた。平尾の銀行口座も調べた。

「平尾氏の姿は見つかったのか？」

山中が哲子に訊いた。狂言説に拘《こだわ》りつつも一応気にしてくれてはいた。

「当日は雪で、通る人はフードを被ってマフラーで顔をくるんでいます。おまけに降る雪でカメラの映像が不鮮明なんです。会社の付近で写真を見せて聞き込みすれば何か掴めるかもしれませんが、事件を公にするなと言われては、それもできません」

「用心深い人物なら、防犯カメラのある場所に気付いて避けていた可能性もあるぞ」

浮気がばれては困る、と平尾が用心したのだろうか。

残念ながら、防犯カメラ映像から当日の平尾の足取りを辿《たど》ることができなかった。

「でも銀行口座を調べると、意外なことがわかりました。平尾氏は、年収を月割りにした給与を受け取っており、ボーナスはありません。毎月の手取り百五十万円のうち、九十万円は四井銀行南麻布支店に振り込み、六十万円は住田銀行上野支店に振り込んでいます。平尾氏の指示だとのことです」

「そんなやり方で夫人は納得したのか？」

「夫人は四井銀行のキャッシュカードを持っていますが、住田銀行の通帳やキャッシュカードは持っていません。だから知らなかったのでしょうね」

「四井銀行に振り込まれる金が給料の全額だと信じていたんだな」

平尾と夫人の夫婦仲は、相当こじれていたようだ。その原因はおそらく愛人だろう。

「住田銀行のキャッシュカードからは、ときどき少額ずつ引き出されているほか、毎月決まって四十万が引き出されています。愛人には、その四十万を手当として渡しているんじゃないですか」

「現金で渡していたんだな」

「口座振り込みだと、裁判で浮気の証拠になるからでしょう」

「愛人がいることは間違いないが、それが誰なのか突きとめようがない」

さすがの山中もあきらめていた。

「でも平尾氏が誘拐されてかなり経つのに、愛人から何の問い合わせもありません。なぜでしょうか」

「岡山インキにも連絡がないのか」

「ええ、さきほど確認しました」

「やっぱり狂言だな。でなきゃ何か会社に言ってくるだろ」

山中が持論を持ち出した。でも狂言だと決める根拠はあるのか。

「前に話していた株の空売りはあったのですか？」

「いや、岡山インキ株の過去の変動を調べても、その事実はなさそうだ」

「それじゃ狂言とは決めきれませんよ」

哲子は譲らない、いや譲りたくないと言ったほうが正確だ。

二人の意見は平行線を辿った。


その後も、捜査支援分析センターが、岡山インキ周辺に設置された防犯カメラから、一月十一日夜の映像を次々とチェックしたが、やはり平尾らしい人物の姿は発見されなかった。ただ大きなマスクをして、マフラーで頭をすっぽり覆った人物が映っていたが、身長が高すぎることから平尾とは別の人物の可能性が高い、と結論された。

鑑識の報告では、脅迫状、CD、郵便パックなどから指紋は検出されず、脅迫状の用紙、CDや使用したパソコンはすべて量産品で、犯人の特定に繋がる手がかりは今のところ掴めなかった。

スマホのGPS履歴を調べると、当日の足どりや現在の所在場所が解るはずである。殺人事件が絡んでいるとなると、携帯会社も協力してくれるだろう。

だが、夫人が言ったように、平尾名義のスマホは存在しなかった。ただし、愛人名義でスマホを持っている可能性がある。それに望みを掛けるしかない。

何も手掛かりがないかに見えたが、興味深い事実を科学捜査研究所が突きとめた。

CDには、かすかに交通機関の走行音が含まれており、波形を詳しく解析した結果、『ゆりかもめ』の走行音と九九％以上の確率で一致したという。

捜査陣に一筋の光明が見えた。

『ゆりかもめ』は、新橋駅からレインボーブリッジ、お台場を経て豊洲まで延びる交通システムだ。車輪はゴムタイヤなので騒音はうんと小さいはずなのに、それが聞こえるなら、沿線に相当近い場所で録音されたに違いない。重要な手がかりだ。

哲子は『ゆりかもめ』沿線の地図を調べた。

「山さん、アジアインキの本社工場は、港区海岸にあります。それと世界インキの本社工場は港区東新橋にあります。この2つの会社なら『ゆりかもめ』の音が聞こえるんじゃないでしょうか」

この情報に山中が反応した。インキ会社と関係がありそうだということは、狂言ではないことを示唆している。

「テツ、会社の近くで録音を取って見るか」

初めて山中が積極的な提案をしてきた。

「ええ」

哲子は声を弾ませた。

哲子と山中は、アジアインキと世界インキの本社工場近くの道路に車を停め、窓を閉めた状態で、『ゆりかもめ』が走ったときの騒音をボイスレコーダーに録音した。その結果、かすかながら『ゆりかもめ』の走行音が録音された。ただし車の走行音もかなりある。

科学捜査研究所の調べでは、車の走行音はなかったという。おそらく夜間の車が途絶えたときに録音したのだろう。特に一月十一日は雪のため、車の数が少なかったはずだ。

この付近は、『ゆりかもめ』だけでなくＪＲ沿線でもあるが、ＪＲの走行音はボイスレコーダーに録音されていなかった。ということは、ＪＲから相当離れている場所らしい。

「山さん、アジアインキか世界インキの社内で録音しても、あのCDのようなノイズが入る可能性があります。地図で見ると、どちらの会社にも『ゆりかもめ』にうんと近い所に建物がありますから」

「内部の状況がわかればはっきりするんだが」

「会社の中に入らせて貰えませんかね」

「捜査令状がないので、任意捜査しかない。でも平尾氏が誘拐されたことを口にできないから、難しいだろうな」

「そうでしたね」

社内の任意捜査を申し込むにしても、理由が必要だ。平尾の誘拐を口にせずに、社内捜索させてもらう知恵は、ベテラン刑事の山中にも浮かばないようだった。


その後、哲子は岡山インキと何度かコンタクトを取ったが、平尾は姿を見せず、犯人から何の連絡もないという。

相変わらず警察は、平尾が殺害されるのを防ぐため、事件の公表を控えていた。

一方、岡山インキのホームページに『万能水性インキ』のデータが掲載された事実は、やがて各インキ会社から外部に伝わった。マスコミが騒ぎ出し、中には、万能水性インキの開発者である平尾が姿を見せない、と匂わせぶりの記事もあった。

その後、岡山インキは世間の疑問に答えるように記者会見を行った。

「我が社はこの環境に優しい万能水性インキを独占するのではなく、社会のためにこの技術を利用して戴くべく、インキの内容を公開することにしました。なお開発者の平尾はしばらく海外出張で日本を離れています」

だが、記者会見の模様を伝えたテレビの解説者は、会社の状況からすると万能水性インキを公開したのは不自然だ、と指摘していた。岡山インキの株が暴落して、持ち株の資産額が大幅に下がったというのである。岡山インキは二月末日に期末決算の締めを迎えるが、債務超過を回避できるのか、と危惧していた。何か公開せざるを得ない事情があるのではないか、と疑う記事もあった。

また、岡山インキ周辺の防犯カメラを警察がチェックしたのをマスコミが嗅ぎつけ、マスコミからの打診があったが、哲子たちは何も事件はない、と答えるしかなかった。

## 6

記者会見の夜十二時近くになって、ようやく哲子は草加市の自宅に戻った。自宅は広さ二十㎡ほどのワンルームマンションで、六畳ほどの洋間とキッチンが付いている。

部屋に入るとすぐにエアコンのスイッチを入れ、風呂を自動湯沸かしにセットする。次に電子レンジにコンビニ弁当をセットすると、ペットボトルの蓋を開けて温かいお茶で体を温める。

帰宅後まだ熱気が残っている体が冷える頃に暖房が効き、電子レンジのブザーが鳴るとお茶で弁当を流し込み、風呂のブザー音で熱い湯に浸かってさっと出る。帰宅後四十分でベッドに潜り込める流れ作業だ。

してはだめよ、と母から言われた通りの生活パターンだが、多忙な刑事のあるあるを絵に描いたような日々を送っていた。

もちろん哲子にも言い分がある。自炊すれば肉、野菜、調味料、油、など諸々の材料を揃え、料理するのに手間が掛かる。それでは緊急出動に対応できない。

その点、今の生活パターンだと。流しもガスレンジも、ときどき自然に溜まる埃を拭くだけで清潔に保たれる。たまの休みには掃除機を掛け、山のような洗濯物をコインランドリーで洗えば済む。

風呂から出ると、自宅用スマホのメール着信を確かめた。勤務中手にするスマホやタブレットは業務用で、家族からの連絡には使えない。

今日は珍しく、「どんなに遅くてもいいから電話して」と母からメールが入っていた。

もう十二時半だが、掛けろと言うのだから仕方がない。哲子はＳＮＳを使いこなせない母のスマホに電話を掛けた。

「哲子？　遅いわね」

「仕事だから仕方がないよ」

「警察なんて、ブラック企業みたいなものでしょう。だから教師になりなさいって言ったのに」

「いつもの愚痴だけなら、電話切るよ。明日も早いんだから」

「あなたも四月で三十歳でしょ」

母が縁談を持ちかけると思った哲子は、

「結婚する気はないから」

と、先手を打って電話を切ろうとしたが、母が大きな声を出した。

「違うわよ。聞いて。もう三十歳になる子供の人生に、私たちが責任を持つ必要はない、って言いたいの。あなたが結婚するかしないか、なんて私たち夫婦の人生とは何の関係もないわ。だから自分の好きなように頑張ってね」

私たちの人生とは関係がない？　そこまで言われると、さすがに寂しい感情が湧いてくる。

「そんなこと、なぜこんな時間に話すのよ！」

哲子はいらっとして大声を出した。

「明日からマレーシアに旅行するの。もしいいところなら、私たちはマレーシアに移住しようかと思って」

「はあ……」

突然のことで、言葉が出なかった。

呆然としているうち、「じゃあお休み」と言って、母が電話を切った。

ベッドに潜り込むと、母の言葉が耳に残っていた。両親は自分たちの合理的な考えで老後の人生を決めている。何もけちのつけようはない。

『鉄の女』と恐れられている哲子だが、母の言葉を聞いて悲しくなった。

哲子は群馬県沼田市で生まれ育った。同い年同士の両親はどちらも高校の教師。特に国語の教師だった母の影響で、哲子は幼少時代から本に慣れ親しみ、中学卒業時には、明治から平成に至る文学作品をほぼ読み終わっていた。

作家を目指せばよかったのに、前崎大学文学部で心理学を学んだばかりに、進路を変えてしまった。

心理学を活かす仕事は何か、と模索した結果、警視庁の刑事を思いついたのだ。取り調べで犯人の心理を読みながら、自供に追い込む仕事が自分には適していると考えたからである。

そこで警察官の採用試験に応募し、ノンキャリアの警察官として採用された。ところが入ってみると、警察内部は全くの男社会だった。

哲子の内部に潜んでいた負けん気に火がつき、男たちと競争するうち、『鉄の女』の異名を取るまでになった。

所轄の巡査からスタートして六年目で、ようやく警視庁捜査一課特殊犯捜査係に配属された。

特殊犯捜査第一係では、ベテランの山中警部補とチームを組むことになった。が、山中の非合理的な手法がいつも気になった。勘に頼るだけの旧態依然《きゅうたいいぜん》とした捜査や、関係者の住所周辺の聞き込み。あやふやな人の勘や記憶に頼って何になるのか、疑問だった。

米国風のプロファイリングをもっと取り入れて、科学的な手法ですっきりと解決すべきだとも考えている。

哲子は、昨年の昇進試験で巡査部長に合格し、係の中で少しは意見を聞いてもらえる地位になった。だが山中は哲子をまだ一人前とは思っておらず、ことある度に「何事も勉強だ」と先輩風を吹く。

最近では、山中の癖を利用するようにしている。自分が担当したい役割を果たしたいときは、「私に勉強させてください」といえば、山中は「よし、やって見ろ」と了承してくれる。ときには口に出さなくても、やる気を目に込めるだけでもいい。岡山インキの事件でも、途中から哲子に事情聴取の主導権を握らせてくれた。

でも山中には悪いが、哲子は相変わらず強行犯捜査係に移動される希望を抱いていた。

# 第二章　殺人事件

## 1

岡山インキから警視庁に連絡が入った。再び中村宛ての手紙が届いた、というのだ。

哲子と山中が駆けつけると、会議室に岡山社長始め多くの社員が集まっていた。

どの顔も青ざめている。

「大変なことになりました」

沈痛な面持ちで、中村が哲子に郵便物を手渡した。

今回は普通郵便封筒だ。開くと、ワープロ印字の通告書が入っていた。

「お前達のホームページに公開された通りにインキを造ったが、ポリプロピレンに印刷してもすぐ剥がれる。何か隠しているのだろう。約束を破ったんだから平尾は殺害した。平尾の体はインキに練り込んで、方々に落書きした。そのインキで印刷した文書もばらまいてやる」

読んだ哲子には思い当たる節があった。

昨日の捜査会議で、方々の神社で木に黒インキの落書きが見つかり、神社から器物損害罪で訴えられている、と発表されていたのだ。

またネットでも、黒インキの落書きが何かの黙示録ではないか、と評判になっていた。

「あの落書きインキに平尾氏のご遺体が練り込まれているのではないですか？」

哲子の言葉に、社員たちが身震いした。

「アートと思ってたけど、殺害のメッセージだったのか」

山中が唸った。

哲子は冷静を保って中村に訊ねた。

「あのインキでポリプロピレンに印刷できない、ってどういうことですか。偽りのデータを載せたんですか？」

あきれて中村を見つめる哲子に、中村は困惑気味に答えた。

「そういうわけではないんですが……」

困っている中村を見かねて、岡山専務が割って入る。

「実は先生が教えてくれなかった成分があるんですよ」

「なぜ、隠していたんですか」

哲子の詰問に岡山が居直った。

「言ってどうにかなったんですか？」

そう言われると反論できない。哲子は気を取り直して中村に尋ねた。

「ところで人体をインキに練り込むなんて、本当にできるんですか」

「さあ、どうでしょうか」

中村が頭を抱え込んだ。

「テツ、落書きのインキを回収するのが先だろ」

山中に言われて、哲子はハッと気がついた。

「そうですね」

「すぐ署に戻ろう」

哲子たちは郵便物を入れたシール袋を抱え、早々に岡山インキから退散した。

誘拐された平尾が殺害されたので、向島警察署に『インキ研究者殺害事件捜査本部』が設置された。

殺人事件となった以上、特殊班捜査係の哲子たちは捜査から外される決まりだが、そうはならなかった。岡山インキの内部情報やそれまでの捜査情報に詳しい山中と哲子が、引き続き捜査の中核を担うことになったのだ。

その後、開かれた捜査会議で、捜査本部長の喜田が苦々しげに訓示を垂れる。

「インキに人体を練り込むとは前代未聞だ。しかもこの東京で起きたのだぞ。幸い、マスコミはインキに平尾氏のご遺体が練り込まれているとまで気付いていない。本当に平尾氏のご遺体がインキに練り込まれているのか、犯人は誰なのかを突き止める必要がある。早急に事件を解決させて、市民の信頼を取り戻さなければならないのだ」

長めの訓示を終わると、ようやく喜田は本題に入った。

「まず鑑識、落書きインキの分析状況はどうなっている?」

「八カ所から回収したんですが、どのインキからも平尾氏のＤＮＡが検出されました。また骨、歯、爪、毛の小さな粒がありました。さらに元素として、本来インキの成分にはない、カルシウム、ナトリウム、アルカリ金属類、鉄分などが含まれています」

谷主任鑑識官が答えた。

「人体のパーセンテージはわかるのか」

「それが難しいのですが、元素の割合からすると約八パーセントの人体が含まれていると考えられます。ただし、骨や歯などの割合はうんと少ないです」

「今の段階ではそれでいいだろ。要するに、平尾氏のご遺体がインキに練り込まれたと結論していいのだな？」

「良いと思います」

谷が断言した。

「落書きインキの量はどのくらいなんだ」

「二十キログラム程度です。でもこびりついたインキを全部削り落とせないし、神社などが洗い流したインキもあるんですよ」

「二十キログラムより多量のインキがあったのは間違いないんだな」

「三十キロ程度はあったと思われます」

ここで、哲子は谷に矢継《やつ》ぎ早《ばや》に質問した。

「水分を除く人体の固形分の重さって、どのくらいですか」

「体重の約三十パーセントです。その人が太っていたか痩せていたか、筋肉質か脂肪体質か、によっても違いますが」

「平尾氏は身長が百六十センチほどで小太りだって聞いてます」

「それならＢＭＩ二十七として、体重七十キログラム程度でしょう。固形分の重量は二十キログラム程度ってとこですかね」

「でも固形分の全部をインキに練り込んだとは、限らないんじゃないですか」

「もちろん一部はどこかに捨てた可能性があります」

哲子がうなずいたところで、山中が哲子に確認してきた。

「どうすりゃインキに人の体を練り込めるのかって話、あれから聞いてみたか？」

「いえ、もう一度中村さんに確認してみます」

「聞いただけじゃわからんだろ。現場で機械を見ながら説明して貰うんだ」

「平尾氏のご遺体がインキに練り込まれたことはわかった。だが、その方法を確認する仕事が残っている。山中、岩城、頼んだぞ」

喜田の言葉で捜査会議が終了した。

2

哲子は、岡山インキの中村に電話した。

「前回、訊ねたままになっているんですが、インキに人体を練り込めるかどうか、教えて頂けませんか」

「あれから考えてみたんですが、可能だと思います」

中村の言葉は期待どおりだった。

「では、どういうように練り込んでいくのか、具体的に説明して頂けませんか？」

「それでしたら、工程が止まる午後六時以降にして貰えませんか？」

そこで、化学に強い科捜研の矢崎鑑識官の応援を頼み、山中や谷と共に岡山インキの会議室に入ると、中村が待っていた。岡山専務に加え、保坂部長、月山課長も同席していた。

「そもそも人の体ってインキに簡単に混ざるもんですか」

哲子が訊ねた。

「あれから自分もシミュレーションしてみました。ご遺体をある程度細かくバラしてあれば可能だと思います」

「それでは製造現場で説明をお願いします」

中村に案内されて製造現場に足を踏み入れた。

「前回よりインキの匂いがしませんね」

「今は水性インキの量産テストをしています。水性インキは油性インキと違い、キシレンのような揮発性の強い溶剤を使わないんです」

「では溶剤に何を使うんですか？」

「アルコールを使っています」

話しながら進むと、中村が大きな蓋付きの容器の前で足を止めた。

どうやらこの機械から水性インキの製造を開始するようだ。

「これは溶解反応槽といいます。ビヒクル（※5）と呼ばれるインキの大事な成分を調整する機械です。ここに人体を放り込んだとします。ここでは苛性ソーダとアルコールとを使いますので、人体の皮や肉のタンパク質と、脂肪がかなり溶けます」

「なぜ溶けるんですか」

中村が口を開く前に矢崎鑑識官が説明する。

「タンパク質はアミノ酸の集合体で、アミノ酸はアルカリ溶液中でイオン化しやすいんですよ」

「なんだ。科捜研なら常識なんですか。じゃ、私は余計な口を利きません。あなた方が納得するならそれでいいです」

哲子はあっさり引き下がった。

中村がさらに説明を進める。

「心配なのは骨、歯、爪、髪などです。これらは溶解反応槽では柔らかくなりますが、溶けはしないと思います。また脂肪も多すぎると溶けないと思います」

「脂肪はインキの上に浮きませんか？」

矢崎が突っ込んだ。

「浮いたものを何かですくい取れば良いんでしょうね」

中村の説明は自信なさそうだった。

実際に人体をインキに練り込んだ経験など誰もないのだから、無理はない。

「骨はインキにそれほど入っていませんでしたよ」

谷が鑑識結果を中村に告げる。

「骨は、後で説明する分散攪拌機の底に落ちたものを掬って捨てたか、最初から除いていたのかもしれません」

「すると脂肪も最初から捨てていた可能性がありますね」

哲子はすかさず訊いた。

「そうかもしれません」

そう言って、中村は現場を進み、いくつものプロペラが回っている機械の前で足を止めた。

「これが分散攪拌機です。水性インキではここで顔料を入れて、溶解反応槽で造ったビヒクルと混ぜます。ビヒクルは粘り気が強いので、顔料が底に落ちずに均一に散らばります。骨や歯などもビヒクル中に散らばるでしょう」

哲子たちは何も疑問がないので黙っていた。

「それでは次の機械を説明します」

次の機械では、太いらせん状の軸がスクリューのように回転している。

「これはニーダーという機械で、ここで溶剤を飛ばしながら長い時間インキをこねて、粘り気をうんと強くします。ビヒクル中に分散している骨や歯、爪などもさらに細かく砕かれて、より均一に分散すると思います」

納得した哲子たちを、中村が少し離れた所にある機械に案内する。

「これはボールミルといって、ボールの衝突でインキの粒子をうんと細かく砕いていきます。骨や歯なども、ごく小さな粒になります。普通は0・1ミクロン程度まで細かくしますが、あのインキの粒はそれよりもうんと細かったですね。きっとボールミルで砕く時間を長くしたのだと思います」

「骨、爪、歯、髪の一部が粒のままでインキに含まれてました。溶けなくてもインキとしては問題ないのですか？」

谷が質問した。

「もともとインキの顔料とか添加剤のうちには、溶剤に溶けずに粒で残るものがかなりあります。例えば黒インキだとカーボンブラックを使いますが、これは溶剤に溶けません。溶けなくても塊にならずに分散していればいいのです。骨や歯なども同じです」

説明が終わったようだが、哲子の頭の中は混乱していた。

「最初の溶解反応槽に人体を投げ入れたらどうなるか、もう一度順を追って説明して頂けませんか」

「えーと、溶解反応槽に人の体を放り込んだとしたら、骨の周りの肉や皮膚、骨髄はアルコールとアルカリ溶液に溶け、溶けきれない骨、歯などは底に沈みます。次の分散撹拌機でも余り変わらないと思います。そこで大きな骨や歯を取り出してから、次のニーダーに入れると、次第にインキの粘り気が増してドロドロした状態になっていきます。

そして、骨のかけらは、ニーダーやボールミルで、顔料や添加剤と一緒にうんと細かく砕かれていきます。ある程度細かくなると、固体成分は底に沈まなくなり、均一に分散するんです」

前の説明と同じだが、流れるように聞くと哲子の頭の中も整理されてきた。それでも、現実に練り込んだとは信じられず、哲子は念を押した。

「人体をそのまま最初の機械に放り込んでも、インキの中で細かい粒となって分散するんですね？」

「大きな骨や歯は、途中で取り除く必要がありますけど」

中村がうなずいた。

「ということは、人体を支障なくインキに練り込めると結論しても良さそうですな」

谷が出した結論に、刑事達は一斉にうなずいた。

今までは懐疑《かいぎ》的だった哲子も、中村の説明を聞くと、インキに人体を練り込むことは可能と思わざるを得ない。

「念のため、残りの工程も説明してください」

哲子の頼みに、中村がボールミルの隣の機械の説明を始めた。

「これはインキに補助剤を添加するミキサーです。ここで粘り気を調整します。その後、販売用の小さな缶に小分けしていきます」

「一缶の重さはどれくらいですか」

「一般には五キロですが、顧客の要望でもっと大きい缶に詰めることもあります」

「一度にどれくらいのインキを造るのですか」

落書きインキ全体の量が、前回の捜査会議で問題になった。

「量産では二百キロから三百五十キロ程度ですが、テストの場合はそれほど多くはありません」

「落書きインキの総量は三十キロ程度でした。その他に犯人が印刷に使うと言っているインキがあります。それがどの程度なのかわかりませんが、落書きインキの二倍とすると、六十キロになります。それくらいは一度に製造できるんですね」

哲子は中村に確認した。

「まったく問題ないと思います」

見ると、中村は目に涙をためていた。指導を受けていた人物が悲惨な目に遭ったのだ。さすがに哀しみがこみ上げてきたのだろう。

「どうも辛い説明をさせて申し訳ありませんでした。随分参考になりました」

哲子たちは中村に頭を下げた。

3

哲子たちが向島警察署に戻ると、すぐに捜査会議が開かれた。

「ご苦労さん。どうだった？　インキに平尾氏のご遺体を練り込んだ方法はわかったのか？」

喜田が山中に尋ねた。

「おおむねわかりましたが、科学的な知識がない我々には、わかりかねる事項もありました。そこは鑑識に任せています」

山中が正直に答えると、喜田から谷に質問が飛んだ。

「鑑識の見解はどうなんだ」

「良く理解できました」

谷が答えた。

「あとで詳しい報告書を出してくれ。それから、落書きインキが見つかった現場で、怪しい人物が防犯カメラに写っていないのか」

　刑事たちを見回して喜田が訊ねた。

「残念ながら写っていません。防犯カメラを置いている神社もあるのですが、あくまで賽銭《さいせん》泥棒を防ぐためでして、参拝場所だけなんです。インキが塗ってあった場所は、裏の木立とか、賽銭箱が置いていない小さなお堂とかですから」

　強行犯捜査係の刑事が言い訳がましく答えた。

「そちらに行くまでに、参拝場所の近くを通るだろう。重そうな荷物を持った人物はいないのか」

「リュックやキャリーバッグを持った人物は沢山いますが、季節がらマスクやマフラーで顔の大部分を覆っていて顔はよくわかりません。少なくともインキを塗っている現場の映像がないと手配できません」

「わかった。これからも根気よくカメラ映像を探してくれ」

　ここで、山中が手を挙げた。

「前回報告した通り、現在、集まったインキは二十キロ程度ですが、岡山インキで製造可能なインキ量を訊いてきました」

「インキって一度にどれくらい造れるんだ」

　喜田が山中を指さした。

「量産の場合は、一ロットが二百から二百五十キロ程度だそうですが、試作の場合はもっと少ないようです。推定ですが、百キロ近く造ったものと思われます」

「それにしては、見つかったのが二十キロとは少なすぎるだろ」

「かなりの部分が洗い流されたり、河川に捨てられたりした、と思われます」

谷が回答した。

「それに、インキは印刷物にも使ったと犯人は言っています」

哲子が補足した。

「ということは、平尾氏のご遺体がインキに練り込まれたと結論していいのか」

刑事と鑑識官が互いに顔を見合わせた。

「そう考えていいんじゃないですか。鑑識はどう思います？」

山中が谷に訊ねた。

「我々もそう思います」

「では明日記者会見を開いて、平尾氏が誘拐された後で殺害された、と発表する。ただしご遺体がインキに練り込まれたとまでは言わない。まだどこも嗅ぎつけていないだろうな」

「黒インキの落書きを発見した市民は多くいますが、それと平尾氏の殺害を結びつけている人はいません」

「インキについては、もう少し詰めてから発表することにする。それに、ご遺族の感情も考慮しないといかんし」

重苦しい空気が刑事達を包んだ。誰だってこんなおぞましいことを口にしたくない。だが、いずれは世間にさらさなければならない。そのときのことを考えると、肩の荷が重い。

「殺害された理由ですが、ホームページの開示が不十分だった、と正直に言わないと、平尾氏が殺害された理由を追及されますよ」

一人の刑事が指摘した。

インキの内容をホームページに開示したのになぜ殺害されたのか、誰でも疑問に思うだろう。

だが、開示が不十分だったと発表すれば、岡山インキがいわれのない非難を浴びるだろう。

「平尾氏を開放すると、犯人の身元がばれると判断したのではないか、とでも言えばどうでしょうか」

哲子が助け舟を出した。

「そうするか」と喜田がうなずいた後、山中を指さして訊いた。

「ところで犯人の見当はついているのか」

「一応、目星は付いています。ＣＤの記録音からアジアインキか世界インキの関係者が怪しいと思うんですが」

「まだ決め手はないのだな」

「はい」

喜田が少し間を置いて訊ねた。

「よくわからんのは、なぜ全部のインキを人知れず捨てなかったのか、ってことだ。水性インキなら少しずつ川に流せばきれいに溶ける。そうすりゃ死体は永久に見つからんだろ」

インキで落書きしたのは、ＤＮＡ検査で平尾氏のご遺体が練り込まれていることを証明させるためだろう。でも、紙にインキを塗って送りつけてきてもいいはずだ。

それにも増して、インキで印刷するなんて、まったく意図がわからない。

「岡山インキの評判をとことん落としたいのかもしれません」

山中がもっともらしい理由を挙げた。

「そうだとすると、同業者の線が濃くなるな」

「アジアインキ、世界インキの社内捜査を許可して貰えませんか」

山中が提案した。

「いいだろ。それと、犯人が言っていた印刷物はまだ見つかっていないのか」

「膨大な印刷物をこちらから調べるのは無理です。すぐに印刷するとは限りませんし、印刷物の流通にも時間が掛かりますから、犯人から通告があるまで待つしかありません」

そう哲子が答えると、刑事たちは一斉にうなずいた。

「山中と岩城、記者会見の前に平尾夫人に報告しておくように。平尾氏が殺害されたことをニュースで知ったとなると、抗議されるからな」

喜田に指示されるまでもなく、哲子は平尾宅に行くつもりだった。

4

捜査会議の後、哲子と山中は港区南麻布××の『奥麻布マンション』を訪れた。

四階建ての古いマンションだが、造りは頑丈だ。オートロックボタンを押して、警察だと伝えると、すぐにマンションの玄関ドアが開いた。

エレベーターで四階に着くと、四〇三号室の前で平尾夫人がドアを開けて待っていた。

応接室に通されると、哲子はなるべくショックを与えないよう丁寧に、現在の状況を説明した。

「主人の体がインキに入れられるなんて……」

インキから平尾のDNAが検出されたことを聞くと夫人は絶句し、一瞬恐ろしそうに眉をひそめたが、すぐに冷静な表情に戻った。

「この事件では犯人と接触することができなかったので、私共も手の施しようがなかったんです。本当に申し訳ありません」

頭を下げる二人に対して、夫人が唐突《とうとつ》に筋違いの要求をしてきた。

「今回の件では、労災の認定をして欲しいんですけど」

「はあ？」

「仕事で外出中に誘拐された、ということにしてもらえませんか」

しかし、喜田が記者会見をすれば、報道を控えていたマスコミが一斉に動き出す。平尾が誘拐された経緯は、すぐにマスコミが暴露するだろう。愛人宅に向かっていたことは岡山インキの社員の口から漏れるに違いない。

「偽の報告書を作成しろと言われても無理です」

鉄の女らしく、哲子がストレートに拒絶した。

「労災保険が下りないと困るのです。このマンションの家賃だって高いんですよ。報告書なんてどうにでもなるでしょう」

夫人は強情に言い張ったが、室内の贅沢な家具や夫人の身につけている物を見ると、同情の念は湧かない。

夫人を説得しようと哲子が口を開く前に、山中が肩を押さえた。

「テツ、俺に任せろ」

山中のきつい言葉に、哲子は口をつぐんだ。

「ご主人の外出が業務上必要だったと判ればご意向に沿うように処理します。が、今のところ、確約はできません」

山中が断定な言葉を避け、一抹の希望を持たせた。

「よろしくお願いします」

これで夫人が大人しくなった。

さすがに海千山千の山中は無難にまとめ、「他に何かわからないことがありましたら、電話ください」と、哲子の腕を引っ張って立ち上がった。


「平尾氏が外出した理由はまだ推測の段階だから、偽の報告書なんて言うんじゃねえぞ」

帰りの車内で哲子は山中からたしなめられた。

「でも、労災認定なんか絶対無理ですって」

「岡山インキが判断することだ。刑事事件には関係ねえじゃねえか。適当にあしらってりゃいいんだ」

言われてみると、反論の余地はない。

「事実をねじ曲げろなんて、無茶な人ね。経済的な余裕がないっていってたけど、贅沢しているんだから当たり前よ」

「そうだよ。旦那が死んだというのに、すぐに金の話かよ」

「平尾氏も奥さんには愛情がなかったんでしょう。どっちもどっちよ」

「夫婦も歳をとると変わるんだな」

山中がしみじみと呟いた。


翌朝の記者会見で、喜田本部長が、岡山インキの平尾技術顧問が誘拐されたこと、犯人の要求で岡山インキがホームページに万能水性インキの内容を公開したにも拘わらず、平尾が殺害されたことを発表した。

さらに方々に落書きされたインキから平尾のＤＮＡが検出され、平尾の体が練り込まれていたことも公表した。公表しないと、遺体がどこで発見されたのか、とマスコミから追及されるためだ。また、広く市民からの情報を得るためでもある。

この発表で、日本中が騒然となった。インキに死体を練り込むという猟奇《りょうき》性がマスコミを刺激したのだ。

向島警察署の捜査本部にも各テレビ局が押し寄せた。犯人の目星はついているのか、など激しく追及されたが、「捜査中」の一言で片付けざるを得ない。

各テレビ局ではワイドショーで特番を組み、今まで脚光を浴びたことがないインキ会社の内容が詳しく紹介された。

「テレビ局や週刊誌の情報収集能力もばかにできねえからな」

山中がしみじみ言った。

「そうでしょうか」

「誘拐事件でこういうことがあった。あるテレビ局が掴んでいた情報に俺はピンときたんだ。だが上に報告しても、ガセネタだろ、と切り捨てられた。そのため助かる命が失われたんだ」

自慢げに話したが、哲子には疑問があった。

「でも意味のある情報かどうか、どこで判断するんですか」

「刑事の勘だよ」

また例の勘を持ち出してきた。

「勘はどうでもいいですけど、アジアインキと世界インキをアタックしませんか」

まず現実の捜査が肝心だ。

「もちろんだ。さっそく出かけるとするか」

勘に頼る山中と頼りたくない哲子だが、当面の標的は一致した。

# 第三章——新たな展開

## 1

　哲子たちは喜田の許可を得て、港区東新橋××にあるアジアインキを訪れた。

　哲子は、応接室で総務部の横田課長と挨拶を交わすと、さっそく本題に入った。

「貴社もインキ会社なので、岡山インキの平尾氏が殺害された件はご存じですね」

「ええ、連日テレビで騒がれていますから。それが私共と何か関係があるのでしょうか」

　じっと横田の表情を探ったが、見かけ上動揺した様子はない。

「念のため確かめたいことがありますので、二、三お聞きしたいことがあります」

「何でもお訊きください」

　横田の眉がピクリと動いた。

「岡山インキのホームページに載った水性インキのデータはご存じですね」

「もちろん、当社も岡山インキのホームページにアクセスしましたので。でも、インキのデータが載《の》っているという手紙が来たんですよ」

　そう言いながら、横田が封筒と手紙をテーブルに置いた。封筒には差出人が書いていない。

横田はこちらが何も訊ねていないのに、手紙と封筒を準備していた。

哲子は、それが気になった。

「やはり、インキ会社に手紙を送っていたんですな。その後、ご存じのように平尾氏が殺されたんですが、マスコミには発表していないことがあります」

山中が横田の顔を観察するように見上げた。

「ほう、どういうことですか」

「誘拐されたときに平尾さんの声を録音したＣＤが送られてきたのですが、その中に『ゆりかもめ』の走行音がかすかに入っているんです。つまり誘拐犯は『ゆりかもめ』の音が聞こえる所で平尾氏を監禁していたんです」

それを聞くと、横田がポカンと口を開けた。

その表情が、哲子にはわざとらしく映った。

「『ゆりかもめ』と場所が近い当社を疑っておられるんですか」

「疑っているわけではないんですが、何かご存じないかと思いまして」

「うちは事件とは無関係ですよ。世界インキも確か『ゆりかもめ』の沿線にありますね。そちらじゃないですか」

横田が疑いを打ち消すように、首を横に振った。

「かもしれませんが、まず貴社が無関係なのかどうかを調べさせてもらえませんか」

横田は黙って立ち上がり、「お待ちください」と言って応接室を出ていった。

「とぼけているわけじゃなさそうだな」

山中が小声で言う。

「けど、社内の誰かが犯人だったとしても彼が知っているとは限りませんからね」

「むろん決めつけているわけじゃないさ」

二人がひそひそ話をしていると、二人の社員を伴って横田が再び姿を現した。

「CEOの三沢です」、「開発部の小中です」と二人が名刺を渡して名乗った。

「状況からして、当社が疑われているということですね」

小中と名乗った男が心配そうに訊ねてきた。小中の年齢は三十代後半だろうか。いかにも頭が切れそうな、鋭い眼の持ち主だが、視線が落ち着かない。

「疑っているわけではありませんので、誤解しないでください。警察としては、あらゆる可能性を一つずつ、つぶしていく必要がありますので、ご協力をお願いしているだけです」

山中が慎重に話した。

「おそらく私も容疑者の一人ではないかと思います。こちらに入社する前は岡山インキで平尾先生の下にいましたので」

「そうなんですか。平尾氏とはトラブルがあったのでしょうか」

山中が知らない風を装ったが、小中はマークすべき人物だ、と岡山インキの岡山専務が話していた。

「あの人とトラブルにならなかった人なんていませんよ」

「どういうトラブルですか」

「平尾先生が開発したことになっている万能水性インキですが、僕がようやく開発した添加剤を勝手にＨＫＥ剤なんて自分のイニシャルを付けたんです。抗議すると、開発したのはお前だけど俺が指導してやったんだから、と言われました」

「誘拐犯が公表しろと言ったインキですね。あなたは知っているから誘拐する必要はないと言いたいのですな」

山中が片頬をゆがめた。そうはいかんぞ、という顔付きだ。

「いえ、そうではないです。私が岡山インキを辞めた時点では、万能水性インキはまだ改良の余地がありました。私がこちらに移ってからいろいろ試行錯誤して、大幅に改良しましたが」

「いつごろできたのですか」

「去年の年末にはほぼ完成し、特許出願も終えています。量産テストも終え、来週外部に発表して三月から販売予定です」

「平尾氏から秘密を聞きだしたわけではない、と言いたいんですね」

哲子は、小中の目を見つめながら、嫌味を言った。

「当然ですよ。報道では犯人の気が変わったと言ってますけど、本当は平尾先生が犯人に秘密を漏らさなかったからじゃないですか」

小中が事件の真相を推理したが、容疑をそらすためだろう。

「なぜそう思うんですか？」

「平尾先生は、人の発明は奪い取るけど、自分が発見したことはできるだけ隠すんです」

「なかなかの推理ですね。でも、小中さんが無実という証拠にはなりませんよ」

山中が獲物を追い詰めにかかった。

「これだけは言っておきたいのですが、私は平尾先生を恨んでいません。先生の下にいたお陰でいろんなスキルが身について、それを武器にこの会社に昨年秋入社してすぐに課長になれたのです。給料だって随分上がりました」

小中は顔を真っ赤にして、一気にまくし立てた。

小中の小心そうな目は大胆な犯行に結びつかない気がした。しかも平尾の下にいたことで利益を受けたのは本当のようだ。

とはいえそれで納得する訳にはいかない。

「ところで、平尾氏の体がインキに練り込まれて、方々に落書きされていたことはご存じですね」

山中がじんわりと話を進めた。

「ええ」

「そのインキの製造場所を突きとめたいのですよ」

「なるほど、それでうちを疑っておられたのですか」

小中が納得したように、大きくうなずいた。

「そうです。水性インキを製造できる設備がないと無理な犯行なんです」

「うーん」

小中だけでなく、三沢や横田も一斉に唸った。事態の深刻さをようやく認識したのだろう。

「貴社の疑いを晴らすためにも、製造現場を調べさせて頂けませんか。もちろん、捜査令状が出たわけではなく、あくまで任意です。しつこいようですが貴社を捜査対象から除くためですよ」

山中が手際よくまとめた。さすがにベテラン刑事だけのことはある。

「どうしましょうか」

小中が横田に下駄を預けると、「いかがいたしましょうか」と、横田が即座に三沢に伺いを立てた。

「いいんじゃないか。何もやましいことはないんだから」

「今日は無理なので、明日の夜、完全に機械を止めてからにしてください。スケジュールを組み直すのに時間が必要ですから」

三沢の了解を得て、横田が哲子たちに応えた。

捜査令状がないので、先方の要望に従うしかない。哲子たちは頭を下げて会社を出た。


「テツと小中のやりとりを聞いてたけど、小中はかなり怪しいな」

帰路の車中、助手席で山中がぼそっとつぶやいた。

「私もそう思います」

「小中が万能水性インキをさらに改良したと言ってるけど、自分で改良したんじゃなくて、平尾氏から改良点を聞き出した可能性が高いぜ」

「中村さんの話だと、ホームページに公開したデータを使っても犯人は万能水性インキを造れない、と言ってました。それで自分がさらに改良した、と言い張っているんですかね」

「そういうことだ」

「自分で改良したって証拠を出させますか？」

「証拠なんか捏造されても、技術音痴の俺たちにゃ本当かどうか判断できねえよ」

「科捜研でも難しいですかね」

「だろな。現場で血痕や平尾氏を練り込んだインキを見つけるしかないだろ」

哲子には、一抹の不安があった。

「明日の夜までに証拠隠滅を図るかもしれませんよ」

「今から大掃除ってわけか」

「明日のガサ入れは期待薄ですね」

「やらんわけにもいかんしな」

## 2

翌日、哲子たちは鑑識官と共にアジアインキの製造現場を捜査した。

入ってみると、アジアインキの製造現場は岡山インキとは大違いで、高度に自動化され、機械も大きい。しかも完全なクリーンルーム仕様で、床も壁も掃除しやすくなっている。また、汚れを洗い落とせるようコーナー部は全てカーブがついている。

これなら血痕やインキは跡形もなく洗い落とせるだろう。哲子たちは絶望感に苛《さいな》まれつつ、紫外線照射による血痕の検出や、インキの採取など、できる限りの検査はしたが、これといった証拠は見いだせなかった。

「持ち帰って検査した上で、結果を連絡いたします」

悔し紛れの言葉を残して、製造現場を離れた。

製造現場から玄関に戻る途中、小中が訊ねてきた。

「世界インキにも行ったんですか？」

「いやこれから伺う予定です」

「それなら、井上正利氏をマークすべきですよ」

小中は自分の名刺に『井上正利』と書いて哲子に手渡した。

思いがけない情報提供だ。

「どういう人ですか」

おとぼけではなく、井上の名は岡山インキでは聞かなかった。

「油性の万能インキを開発したのは、井上さんだったのです。ところが部下の手柄を横取りした平尾さんだけが報奨金をもらい、井上さんは何も貰えませんでした。それで井上さんは退職して世界インキに移ったんですが、元の会社で発明した万能インキは特許出願できず、井上さんは不遇な扱いを受けているそうです。

それに水性インキの分野では、世界インキは他のインキ会社から遅れをとっていて、焦っているんですよ」

小中がしゃべりまくった。矛先をかわしたいのだろうか。

「やっぱり空振りだったな」

戻りの車中で山中がぼやく。

「世界インキの情報提供があったので、ガサ入れもまるっきり無駄ではなかったんじゃないですか」

「まあな」

その後、アジアインキの製造現場で収集した証拠を持ち帰って、鑑識が詳しく検査したが、結局何の手がかりも得られなかった。

またアジアインキで製造している水性インキのサンプルを持ち帰って、分析したところ、落書きインキから人体成分を除いた成分が殆ど同じだったという。もちろん、人体特有の元素や人のDNAはいっさい含まれていない。元々HKE剤は小中が開発したので、同じであってもおかしくはない。

ただ、落書きインキでは、金が添加されていたが、アジアインキの水性インキには金ではなくプラチナが含まれていた。小中はそれを改良点と主張しているのかもしれない。


アジアインキに続いて、哲子と山中は世界インキを訪れた。

「私が岡山インキで開発したインキについては、今回の事件には無関係なので、何も話す気はありません。平尾氏に対する恨みも全くありません」

名指しされて姿を現した井上氏は、憤懣《ふんまん》やるかたない、といった様子で答えた。

「それはよくわかりました。私共も一応全ての関係者に事情を聞く必要がありますので、気を悪くなさらないで下さい」

「わかりました」

「こちらの会社では、水性インキの開発を進めていないのですか」

山中が質問した。

「もちろん進めています。これからは水性インキの時代ですから」

「実は……………」

ここで、哲子は平尾の体が練り込まれたインキの製造場所を捜査していることや、『ゆりかもめ』の沿線にあるインキ会社に狙いを付けていることを説明した。

それを聞いた井上が顔面蒼白《そうはく》になった。

「そこで、アジアインキには無理を御願いして、製造現場を調べさせていただきました」

「それではうちもですか？」

「貴社にも御願いできませんか。それで疑いが解ければすっきりするでしょう」

「それで、アジアインキの疑いは晴れたのですか？」

「捜査結果を分析中で、まだ結論は出ていません」

「お待ちください」

井上はスマホを掛けた後、部屋を出て行った。十五分ほど経った後で、井上が応接室に戻ってきた。

「上と相談したところ、いいだろうと言うことでした。午後六時に機械を止めますので、その後ならいつでも調べて下さい」

「今夜でもいいんですね」

「は、はい」

「それと貴社で造られている水性インキのサンプルをいただけませんか」

井上は黙って何か思い出す仕草をした後、ようやく口を開いた。

「残っているかどうか、わかりません」

「先ほど開発を進めているとお聞きしましたが」

すかさず哲子が突っ込みを入れる。

「いえ、その、岡山インキがホームページに公開されたインキを試作してみただけです」

「それで結構です」

「ではお渡しします」

その夜、哲子たちは鑑識官と共に世界インキの製造現場を捜索した。

足を踏み入れると、アジアインキの製造現場と同じく、クリーンルーム仕様など、汚れを簡単に洗い流せる作りだった。

予想通り、証拠になりそうな物は見つからない。

無駄に終わりそうな気がしたが、希望も残されていた。貰ったインキを分析すれば、何か手掛かりが得られるかもしれない。

その後、鑑識の分析で、アジアインキと世界インキのインキは成分に若干の違いがあった。

鑑識結果を受けて、哲子は岡山インキの中村に相談することにした。

## 3

　哲子は岡山インキを訪れ、中村に相談した。

「アジアインキと世界インキの水性インキを入手しました。このインキで印刷テストをして、万能水性インキと比べて頂けませんか」

　哲子の依頼を中村が引き受けた。

「他社の開発がどれくらい進んでいるのか、私も興味があります。すぐにテストしますよ」

　二日後、哲子に中村から電話が入った。

「テスト結果が出ましたので、こちらに来ていただけますか？」

　その夜、哲子は一人で岡山インキを訪れた。

「アジアインキのインキは従来の水性インキに比べると相当優秀ですが、当社の万能水性インキには劣ります。ポリプロピレンに印刷したときの接着力を比べると、アジアインキのものは弱いですが、我が社のものは強力です」

　接着力の強弱なら刑事にもすぐに理解できる。

「鑑識の調べでは、アジアインキで造った水性インキの成分は、万能水性インキとほとんど同じでした。なぜ性能が劣るんですか？」

「小中さんは平尾先生の下におられたので、成分が似ているのは当然です。でもある点が違うんですよ」

哲子は少しイラッとした。

「何が違うんですか？」

「X成分が入っていないんです。小中さんは万能水性インキが未完成の時に移られたので、X成分を知らなくて当たり前ですけど」

哲子は不思議に思って訊ねた。

「貴社も、平尾さんが開発したインキのうち不明の成分があったはずですね」

「それがわかったのですよ」

中村の鼻が膨らんだ。

「どこかに記録があったのですか」

「いや、自分が開発したというか、気がついたのです」

「どういう経過で気づいたんですか？」

哲子は、眉を寄せて中村を見つめた。

「向島神社の森でCDケースに例の落書きインキがついているのを拾ったのです。そのケースはポリプロピレン製でした。ところがインキが全く剥がれなかったので、接着力を測るとかなり強かったんです。それで、人体の成分の一部が効いているのではないか、と想像しました」

「どういう成分ですか？」

「それは秘密なので、勘弁してください。インキの組成はノウハウにしておくことになったので、漏らすわけにはいきません」

そこまでしゃべってから、中村が心配そうに付け加えた。

「あのう、人体の成分ということも他には漏らさないで頂けませんか。それだけでも他社には大きなヒントになりますので」

「でしょうね。それは守ります。ところで世界インキのはどうだったんですか?」

本題に戻ってきた。

「ポリプロピレンに印刷したときの接着力は、アジアインキよりもほんの少しだけ弱いです。我が社が公開した組成で造ったのではないでしょうか」

「随分参考になりました。このデータをもらっていいですか?」

「もちろん」

「ご協力ありがとうございました。秘密は守りますので、心配しないください」

玄関前で、中村が恥ずかしそうな表情で哲子を見送っていた。自慢しすぎたと思っているのか。

4

その後警視庁に、ピエール保険という大手の保険会社から重要な情報が寄せられた。平尾には二億円の生命保険が掛けられており、受取人は剣持花恵という女性だという。夫人が受取人の生命保険も掛けられていたが、その額は三千万円。花恵への保険金と比べると驚くほど少額だ。

ピエール保険社が警察に連絡してきたのは、平尾の死亡確認のためである。確認できないと保険金は支払われないので、殺害された証拠を警察が提供した。

いずれ花恵は二億円を受け取るだろう。

「愛人を受取人にできるんですか」

哲子が山中に訊ねると、あっさりと返された。

「財産を残してやりたい事情が確認できれば、認めるものなんだ。贈与税がかかるかもしれないけど、それは別問題だ」

ピエール保険会社から花恵の住所を聞き出すと、二人は花恵の自宅に向かった。上野駅から歩いて十分ほどの距離にある『新台東マンション』だ。

着いてみると、新何々というイメージにそぐわない古い七階建てのマンションで、オートロックではない。

エレベーターを降りると、花恵の室だろうか、かき鳴らすようなギターの音が聞こえていた。

「剣持花恵さんはご在宅ですか」

インターフォン越しに哲子が訊ねると、「はい、剣持です」と、か細い声がした。

「警察の者ですが。岡山インキの平尾さんの件で折り入って訊きたい件があるのですが」

「お待ちください」

ドアを開けて顔を覗かせたのは、鼻筋の通った細面の女性だった。歳は三十代後半だろうか、化粧がやけに濃い。

警察手帳を見せると、花恵は哲子たちをＬＤＫに通した。

「平尾さんの死亡で剣持さんは保険金を請求していますね。平尾さんとはどういうご関係でしょうか」

　哲子が訊ねると、花恵が顔色一つ変えずに答えた。

「ご想像通り親しい男女の関係です」

「いつからそういうご関係ですか」

「十年ほどになります」

　預金通帳から把握した年数と合致していた。

「平尾さんに奥さんがいらっしゃることはご存じですね」

「もちろんです」

　相変わらず冷静な態度だった。

「平尾さんはよくこちらを訪ねてきたんですね」

「ええ、週に二、三回は来ました」

「それなら最近平尾氏が来ないことを不思議に思わなかったんですか」

　哲子は、花恵の冷静な態度が気になった。

「もちろん何かがあったと思っていました」

「それじゃなぜ警察に連絡しなかったんですか。二週間近く経っていますよ」

「何も電話が掛かってこないので、奥さんにばれたんだと思っていました。あの人から連絡がないと、こちらからはどうしようもなかったんです。テレビであの人が誘拐されて、殺害されたと知って驚きました」

　花恵が息を詰まらせて、涙をこぼした。

「そこまではわかります。でも殺害されたと知ったとき、なぜすぐに警察に連絡しなかったのですか」

「連絡したからといって、命が助かるわけじゃないでしょう」

そう言われると、反論できない。

「保険金はすぐに請求されたようですな」

山中が嫌みったらしく突っ込んだ。

「あの人が亡くなると、生活に困りますので」

花恵が視線を落とした。

この建物や彼女の様子を見ると、正直に答えているのかもしれない。哲子は疑念を取り払った。

「お気の毒ですが、犯人を突きとめるため、いくつかの質問にお答えください」

「もちろん知っていることはお話しします」

花恵は素直に応じた。

「それでは、誘拐された一月十一日の夜、あなたはどちらにいました」

「ここにいたと思いますけど。ちょっとお待ちください」

花恵は席を立って、部屋を出るとしばらくして戻ってきた。手には卓上カレンダーを持っている。

「一月十一日の夜というと、来る予定だった日ですね。ここであの人を待っていました。いつものように」

「車はお持ちじゃないですか」

「持っています」

「車で迎えに行かないのですか」

「迎えに来いと言われない限り、迎えには行きません。二人が一緒にいるところを写真に撮られたら大ごとです。奥さんが探偵を雇っているかもしれませんし」

「十年前から付き合っていたのなら、夫人にバレているでしょう」

「どうでしょうか。あの人は用心深く夜しか来ませんでしたので、大丈夫だと思っていましたが」

「でもマンションの家賃も生活費も平尾さんが払っていたのでしょう。奥さんに知られずにお金を出せますか？」

山中が素知らぬふりをして訊ねた。

「収入を奥さんとは別の銀行の口座に入れていると言ってました」

「その口座には、どのくらい振り込まれていたんですか？」

果たして、警察で把握している金額と照合するのか。

「正確な金額は教えて貰ってません。毎月現金で生活費をもらうだけです。家賃は彼が払っていました」

平尾は、愛人関係の破綻を視野に入れていたのだ。彼の用意周到さを思い知らされた。

「まあわかりました。話を戻します。一月十一日ですが、来る約束なのに来なかったんでしょう。こちらから電話しなかったんですか」

「あの人はスマホを持っていません」

この言葉で、哲子の希望は砕かれた。

花恵だけに教えていたスマホがあるかもしれない、と思っていたのだ。

「やはりですか」

山中も残念そうだ。

「平尾さんの遺品とか、捜査の役に立ちそうな物ありませんか」

「お待ちください」

そう言って部屋を出た花恵は、ノートを手に戻ってきた。

「ここにインキのことが書かれていますけど」

哲子が開いてみると、インキの成分らしい材料名と数字が書かれていた。アイデアが閃くと、書き留めていたのだろう。残念ながら万能水性インキについての記録はなかった。

「よかったら、平尾さんの部屋を見せていただけませんか？」

「はい。どうぞ」

哲子たちは花恵について廊下に出た。

「ここは2LDKですか？」

「ええ。奥が彼の部屋です」

左側にも部屋があった。

「こちらの部屋は？」

左側の部屋を指して哲子が訊ねた。

「兄の竜次の部屋です」

花恵はそう言ってドアを開けた。

中には四十がらみの痩せた男がいた。目はあらぬ方向を見ている。

おぞましげに首を振って、花恵がすぐにドアを閉めた。

「兄は引きこもりなんです」

「ずっと一緒に？」

「いえ、半年前に引っ越して来たんです。それまでは実家にいたんですけど、いろいろ複雑な事情がありまして」

花恵が目を落としてボソッと言った。

どんな事情かわからないが、事件には関係がない。哲子はうなずいて奥の部屋に入った。広さ六畳ほどの洋室だ。部屋には小さな机と椅子があり、広めのベッドが置いてある。

「いまは私が使ってます。あの人の遺品は衣類と本類だけです」

小さな棚には専門書が並んでいた。

「インキや印刷関係の本があるようですね」

「ええ、必要なら全部持っていってください」

「いいんですか」

「もう必要ありませんので」

哲子は傷みが激しい二冊の専門書を選んで、バッグに入れた。何か参考になることがあるかも知れないと思ったのだ。

「ところで、お二人とも指紋とＤＮＡの採取にご協力いただけませんか？」

「ええ、どうぞ」

哲子は、花恵の指紋とＤＮＡを採取した後、竜次の部屋に入った。

「兄さん、ＤＮＡ採取に協力してね」

花恵がびくつきながら言い聞かせると、竜次が素直に応じた。

哲子は竜次の指紋とＤＮＡの採取を終えた。

「これくらいですかね」

哲子は山中に確認した。

「そうだな」

「用件は全て終わりました」

花恵にそう告げて、哲子たちは玄関まで戻った。

玄関の外まで二人を見送ると、花恵はハンカチで顔を押さえながらドアを閉めた。

「あの愛人、本当に悲しがっていたと思うか」

帰りの車内で山中が哲子に訊ねた。

「夫人は悲しむ気配がなかったけど、愛人は悲しんでいたように思いますが」

「俺の勘だと、怪しいぜ」

すぐに刑事の勘を持ち出す山中には、まともに取り合う気がしない。

哲子は黙って車窓を眺めた。

# 5

哲子たちが向島警察署に戻ってまもなく、捜査会議が開かれた。

「山中、インキ会社の捜索で何か収穫はあったのか」

「何も怪しい痕跡は見つかりませんでした。ただ、両社のインキを岡山インキで印刷テストしてもらった結果が出ました」

「説明しろ」

「どちらの水性インキも、岡山インキがホームページに載せたインキとほぼ同じで、性能に若干の差があるだけです。ただ落書きインキとは大きな差です」

「どういう性能だ」

「インキの接着力が、落書きインキよりもうんと弱いのです」

「それでどちらも犯人と無関係と言えるのか？」

「正直にサンプルを提出したのなら、無関係の可能性が高いです。が、そうでなければわかりません」

「まだ結論は出ないのだな」

「はい、残念ながら」

別の刑事が手を挙げた。

「剣持花恵さんの身元調査の結果が出ました」

「言ってみろ」

「彼女の実家は茨城県高萩市です。母親とは二十年前に死別し、父の剣持武信は後妻を迎えましたが、昨年亡くなっています。花恵には双子の兄修一と竜次がいて、二人とも母親の連れ子で花恵だけが剣持武信と多美子の子供です」

「わかったのはそれだけか」

「いえ、続きがあります。花恵と修一は早くから東京で暮らしていますが、竜次は最近になって、花恵宅に引っ越しました。なんでも中学生の時からずっと引きこもりでしたが、父親が亡くなると、後妻の弓枝に家を追い出されたようです」

「なぜ追い出されたんだ」

「弓枝の子でないので養いたくないそうです」

「花恵さんから複雑な事情があるとは聞いてました。修一と竜次の父親は誰ですか？」

山中が訊ねた。

「わかりません。母親はホステスだったので、おそらく客の誰かでしょう」

哲子は、花恵宅で竜次に会ったときの暗い目を思い出した。

「剣持花恵さんは事件に関係ありそうなのか」

喜田が哲子に訊いた。

「インキを造れないので、関係はないと思います。インキ会社の社員とつながっているなら、話が別ですが」

「花恵兄妹が平尾氏を裏切った可能性もあるんだから、彼らの行動をチェックしろ。必要なら応援を送る」

「わかりました。応援をください」

その後、哲子と山中は花恵宅を見張ったが、別段変わった様子もない。

修一はどうなのか。哲子は、修一宅を訪れた応援の刑事に訊ねた。

「剣持修一さんの様子を教えて貰えませんか？」

「自宅は川崎市川中島の『大師ホワイトホーム』というマンションですが、留守だったので、マンションの隣人に様子を訊いたんですがね。全然話してくれないんです」

「なぜなんですか」

「警察に恨みがあるみたいで、敵意を剥き出しにして睨まれました」

「その他の住民に聞き込みをしなかったんですか？」

「修一さんには無関心のようでした」

どうやら自分で聞き込みに行くしかないようだ。

夕方、哲子は川崎大師駅近くに車を停めて、川中島付近までネットマップを見ながら歩いた。

前もって仕入れた情報では、剣持修一は高校卒業後、アパレル関係の会社、飲食チェーン店などを転々として、現在はアルバイトで生活しているフリーターだった。離婚歴があるが、子供はいない。

やがて、目指す『大師ホワイトホーム』に辿り着いた。古い三階建ての建物だ。

すぐには入らず付近を歩くと、大きく目立つ『川善』の看板が見えた。店内を覗くと、野菜、果物や、カップラーメンなどが置いてある食料品店だ。

　都会のマンションの住民は入れ替わりが激しいし、隣の部屋の住民とはあまり顔を交わしていない可能性がある。その点、食料品店にはマンションの住民が立ち寄っているはずだし、店側は客の顔をよく憶えているものだ。

　哲子は、店主らしき男に訊ねた。

「警察の者ですが、ちょっとお訊ねしてよろしいですか」

　哲子は、修一の履歴書のコピー写真を見せた。以前修一が勤めていた警備会社に提出した物だ。

「こういう人が店に来ませんか？」

「よく来るよ。あの辺りの人だよ」

　店主が修一のマンションの方向を指さした。

「いつ頃から見かけますか」

「うーん、三年ほど前からですね」

「最近見ました？」

「いやまだ戻って来てませんよ」

「戻っていないとは？」

「一月の中頃大きなキャリーケースを持って店に来たので、お出かけですかって訊いたら、旅行に行くと言ってました」

　本当に戻っていないのか、確かめる必要がある。

　哲子は、再びマンションを訪れた。

修一の部屋はマンションの一階で十三号室と聞いている。十三号室の前に立つと、窓から灯りは見えない。『剣持』とマジックで書かれた郵便受けには、業者の広告ビラがはみ出ていた。インターフォンを鳴らしても返事がない。やはり留守なのか。

隣の十二号室は、ドアや窓に埃が溜まっていて、空き家のようだ。

反対側の十四号室は、ドアの前に足跡があり、人が住んでいるようだ。

哲子はインターフォンを鳴らした。すると住民が顔を出した。

「地域情報紙の記者ですが、剣持修一さんの様子を教えて貰えませんか？」

「留守のようだぜ」

「留守って、なぜわかるんですか？」

「部屋にいれば、ギターの音が聞こえるよ」

「修一さんはギターを弾くんですか？」

「うるさいけど、かなりの腕だよ」

花恵のマンションを訪れたとき、竜次が弾くギターの曲が聞こえていた。さすがに双子だけあって、趣味は共通するようだ。

「ありがとうございました」

とりあえず留守だと確認できた。

# 第四章──都知事選挙

## 1

明くる日、哲子たちは喜田から呼ばれた。

「こんな葉書が来ているぞ」

喜田から渡された葉書は、哲子を驚かせた。

差出人は、「東京都港区南麻布××　平尾健二」だった。裏面にはワープロ文字で、「松山都知事候補が相手候補の悪事を暴露する怪文書を、平尾の死体を練り込んだインキで印刷した。確かめて見ろ」と書かれていた。

「選挙妨害のガセネタじゃないですか」

山中が怪しむ。

「差出人の住所や文章は、事件の犯人と同じワープロ文字です」

哲子は、注意深く葉書の文字を観察してから反論した。

「確かに同じようだ」

喜田の言葉に山中が頭を掻いた。

「いずれ印刷物をばらまく、と犯人が予告していた通りじゃないですか」

哲子は声を張り上げた。

「すぐに怪文書を回収しろ」

喜田が号令を掛けた。

「残っていますかね。告示の後、三日経っていますよ」

都知事選挙は一月三十日に告示されていた。

「DNA検査に必要な数でいいから、手に入れて調べるんだ。松山候補と事件との関係はこちらで調べさせる」

哲子と山中は、向島警察署の近くにある松山政夫後援会の支部を訪れた。

「警察の者ですが、怪文書を頂きたいのですが」

山中の要請に、支部長と名乗る男が対応する。

「怪文書って、なんですか？」

「対立候補の野山氏をおとしめる文書です」

「私どもは、規定の選挙ビラしか配布していません」

「松山陣営から怪文書がばらまかれているという情報があるんです」

「それはでたらめです」

「でたらめかどうか、確かめさせて貰います」

哲子は強引に事務所の奥に入って行った。

「おい、止めろ」と言う山中の声が飛んだときには、哲子は山積みされた配布物の包みをほどいていた。

「これが選挙ビラだとおっしゃるんですか？」

哲子は、包みから取り出した黒一色刷りの印刷物を支部長に突きつけた。

印刷物には、Ａ４二つ折りの裏表に、野山候補の悪口が大きな見出しと共に書かれていた。

「事実しか書いていていません」

「事実かどうかは問題ではありません。こういう文書を配布すること自体が選挙違反でしょ」

「テツ、俺たちは選挙違反を摘発に来たんじゃねえぞ」

「選挙違反とは無関係で、別の捜査に必要な証拠物件です。四の五の言わずに怪文書を持ち帰らせて貰えませんか？」

哲子は彼らを落ち着かせた。

支部長が電話を掛けてひそひそと話している。本部の人物と相談しているのだろう。

「確認がとれました。好きなだけ持っていってください」

そう言って、包みをほどいた。

「では頂いていきます」

哲子が礼を言うと、山中がすばやくキャスターバッグに詰め込んだ。

「どこで印刷したんですか」

哲子の問いに支部長が首を傾げた。

「さあ？」

「わかったらここに連絡ください」

哲子は支部長に名刺を渡した。

向島警察署に戻ると、哲子たちは鑑識に大特急でインキを分析してもらった。

その後、後援会の支部長からの連絡で、印刷場所は東尾印刷株式会社だと判明した。


翌日、夕方の捜査会議で谷主任鑑識官が報告した。

「怪文書の黒インキから人体の成分が検出されました」

「人体の成分がどうなっているのか、わかっているのか」

「人体を構成するのは、骨、皮膚、毛、爪、筋肉、水、血液などですから、酸素、炭素、水素、窒素、カルシウムが主な元素です。

その他の元素として、リン、硫黄、カリウム、ナトリウム、塩素、マグネシウムなども野菜、果物、肉、魚、卵などに含まれているので、当然体に取り込まれています。

これらの元素がインキに含まれていました。

ただし、インキに練り込まれているうちに、酸素、水素、窒素は蒸発し、他の元素もインキの製造に使われる物質と混ざっています」

「それでは、人体が練り込まれているかどうか、わからんだろ」

「いえ、通常のインキにはない成分があるので、当然わかります」

「それでは、矛盾がなかったんだな？」

「ただ、骨の成分、特にカルシウムがもっとあるはずなんですが、少なすぎるんです」

哲子が立ち上がった。

「中村さんの説明では、骨はインキの製造中に取り除いたのではないか、ということでした」

「怪文書の黒インキは落書きインキと同じ成分比なのか？」

「落書きインキと同じ成分比です。発見した細胞のＤＮＡと平尾氏のＤＮＡとの照合を進めていますが、まず間違いないでしょう」

「ポスターの黒インキも同じですか？」

哲子が確認した。

「そちらからは人体成分が検出されていません」

「印刷場所は判ったのか」

「東尾印刷株式会社だと言ってました。住所、電話も判っています」

哲子が答えた。

「すぐに捜索に向かえ」

「その前に確認したいのですが、この事実は公表していいのでしょうか」

山中が訊ねると、喜田が否定する。

「選挙妨害になったら厄介だ。投票が終わってからにする」

「問題はなぜ松山候補の印刷物なのか、と言うことです」

他の刑事の発言に、喜田が捜査員たちを見回して訊ねた。

「松山個人に対する怨恨なのか、あるいは対立候補と犯人になんらかのつながりがあるのか、それについて何か情報がないのか？」

「松山候補と平尾氏との間に接点があることはわかっています」

哲子が即答えた。哲子は、別の刑事から調査資料を貰っていた。

「詳しく説明しろ」

「松山候補と平尾氏は港北大学の同期生です」

「港北大学の同期生に、平尾氏と松山候補の両方に恨みを持つ者がいるのか」

「それはわかりません」

「それなら東尾印刷を捜索してインキの出所を突き止めるのが先だ。松山候補に事情を聴くのは選挙が終わってからにしろ」

## 2

翌日、哲子と山中は鑑識官や他の刑事と共に、総勢六名で東尾印刷に向かった。同社は江戸川区新小岩××にあった。岡山インキや向島警察署に近い場所だ。荒川に架かる平井大橋を渡って二、三分走ると、住宅や商店が建ち並ぶ中に、社名の表示があるスレート葺きの建物が見えてきた。

会社の駐車場に車を停めると、女性事務員が出迎え、二階に哲子たちを案内した。

二階の応接室で、「社長の東尾公彦です」と東尾社長が挨拶した。年齢は岡山専務に近い四十代半ばに見えるが、その年にしてはしわが深い。

哲子はすぐに本題を切り出した。

「松山都知事候補の怪文書を印刷したのは貴社と聞きましたが、間違いありませんか」

「そうですが、それが何か……」

東尾はまだピンと来ていないようだ。

「印刷に使ったインキはどこから購入したのですか」

「岡山インキからです」

哲子には思いがけない名前だった。アジアインキ、世界インキあるいは別のインキ会社の名が挙がるものと予想していた。

「なぜ岡山インキから？」

「平尾先生がテストで造ったインキをただで納めるから、松山候補の選挙用印刷物を安く刷ってやってくれと言ってきたんです。二人は友人なんですよ」

二人が友人なんてなぜ知っているのか。哲子は怪しんだが、インキを納入したいきさつを確認するのが先だ。

「いつですか」

「仕事納めの十二月二十九日に電話がありました」

「突然ですか？」

「いえ、その前に松山先生に印刷を頼まれたとき、(平尾君にインキを貰うから安く刷ってくれよ。両面モノクロでいいからさ。選挙資金が足りないんだ) と言われていました」

「松山候補とは知り合いですか？」

「ええ、以前お世話になったことがあります」

「お世話になったとは？」

「あ、いえ大したことじゃないです」

うっかり口を滑らせたのか、あわてているようだった。事件との関わりを感じたが、素知らぬふりで事情を聴いていくことにした。

「ではそのときに、話が決まったんですね」

「最初は平尾先生が渋っていたようですが、年末になって協力すると言ってきたんです」

「何か気になる点はありませんでしたか？　誰かに脅されているとか」

「そのようには感じませんでした」

「いつインキを入荷したんですか」

「三谷さん、仕入れ台帳を持って来て」

東尾社長が女性事務員に命じた。

女性事務員が持って来た台帳を、東尾社長が確認する。

「インキが届いたのは、一月十二日です」

「平尾氏が姿を消したのは、一月十一日ですから、ぴったり合います」

「そうなんですか」

「そのインキを使って印刷したのはいつですか？」

「一月二十日です。急いでくれって、松山先生の事務所から催促されたので、入荷してすぐに刷りました」

「その時点では警察が平尾氏の事件を公表してなかったので、印刷したのは仕方ないと思います。けど一月二十二日に、例のインキで印刷した物もばらまくって報道されたでしょう。まだ選挙の告示前ですよ。なぜ選挙事務所に連絡してビラの配布を止めなかったんですか」

哲子が追及した。

「あのインキは無関係と思っていました。平尾先生が自分のご遺体をインキに練り込むなんてできないじゃないですか」

そう言われると反論できない。少なくとも東尾社長の判断がおかしいとはいえない。

「どこかでインキが入れ替わったのですかね。届いてから印刷するまでの間、インキはどこに置いていたんですか」

「こちらの棚です」

東尾が壁際の保管棚を指さした。

「インキを持ち込んだのは誰ですか？」

「いつも使っている運送業者です」

「業者の名前はわかりますか？」

「もちろん」

東尾は仕入れ台帳を見ながら、「浅草運送です。岡山インキから出荷したインキに間違いないか確認してみます」と返事した、

「結構です。業者にはこちらで確認しますから」

「では、ここに電話してみてください」

そういって東尾が電話番号を書いた紙を手渡した。

「ところで、こちらのセキュリティはどうなっているんですか？」

東尾は階下の玄関ホールに哲子たちを案内した。玄関ドアにはセキュリティカードを差し込む装置は付いていない。

「カードなしで誰でも入れるんですね」

「小さな印刷会社なんてこんなものですよ。たいそうな装置をつけると、仕事の邪魔になりますから」

「防犯カメラで、出入りのチェックはしているんですか」

「そういう経費の掛かることはしていません」

「作業現場を見せて貰えませんか？」

「どうぞ入って下さい」

東尾が玄関ホールの内側ドアを開けると、ドアの向こう側で何台かの印刷機が稼働していた。

現場に足を踏み入れると、すぐに哲子は訊ねた。

「インキはどこに保管しているんですか？」

東尾は「気を付けてくださいさい」といいながら印刷機の横を通っていく。小さな事務室に辿り着くと、「ここがインキの保管場所です」と言った。室の棚にインキ缶が並んでいる。

それを見た哲子はあきれた。

「入り口に鍵も掛かっていないんですか」

「誰でもすぐに取り出せるようにしてるんです。無駄な時間を節約しないと、うちみたいな会社はやっていけませんよ」

当然だと言わんばかりだった。

「山さん、ここでインキがすり替えられた可能性もありますね」

「そうだな」

だが東尾が反論した。

「仕事終わりには玄関に鍵をかけてますよ」

「でもこの様子じゃ徹夜作業も多いんじゃないですか。そのときは開けっ放しでしょう」

「……まあそうですけど」

「インキはどういう形で仕入れるんですか？」

「普通は五キロ缶に入っています。あの時もそのはずです」

「五キロ缶を何個納入したんですか」

東尾は台帳を見ながら、「六缶ですね」と答えた。

「そんなに少ないんですか」

「十二万部刷るには、三十キロくらいで十分です」

十二万部もの怪文書をばらまくなんて、明らかに選挙違反だが、捜査一課の哲子にとってはどうでもいい。

哲子は印刷枚数をタブレットに記入しながら、「空き缶が残ってませんか」と訊いた。

「残っていません。事務室が狭いので、インキ缶は使い切ったらすぐ廃棄します」

残念だが仕方がない。

「怪文書を印刷した印刷機はどれですか」

作業現場には、大きな印刷機が二台と中型の印刷機が三台ある。

「大きな印刷機は、出版物に使います。怪文書は一枚両面なんで、こちらの中型機を使ったはずです」

中型印刷機は、幅二メートル半、長さ四メートルほどのサイズだった。

「ふーん」

感心したものの、哲子たちには印刷機のことなどよくわからない。

「作業が終わってから、現場の指紋とか調べたいのですけどいいですか」

「はあ」

東尾が渋々了解した。

その夜、哲子と山中は鑑識と共に東尾印刷に出直して、社内を捜索した。

捜索しながら、哲子は東尾に確認した。

「怪文書はここで印刷したんですね？」

哲子に訊かれると、少し間を置いて「そうですよ」と東尾が言った。

なぜすぐに答えなかったのか。岡山インキや松山に、下請けを使った事実をばらされると不都合なのかもしれない。忙しいときは、下請け業者に回すことも多いだろう。

東尾印刷からの帰路の車中、哲子は山中と話し合った。

「岡山インキで入れ替えたのか、印刷工場で入れ替えたのか、どちらかでしょうね」

「いや待て。東尾印刷が下請け業者に刷らせた可能性もあるぞ」

哲子もその可能性は考えていた。

「どちらにしても、あのインキが怪文書の印刷に使われることを知っていた者の犯行ですね。内部事情にうんと詳しい者のはずです」

鑑識の捜索では、指紋その他、犯人の特定につながる物的証拠は何も見つからなかった。

3

翌日、哲子はじめ刑事たちは捜査会議で、喜田から『週刊バースト』の表紙と記事のコピーを渡された。

「表紙を見ろ」喜田が睨みながら怒鳴った。

見ると表紙には『血にまみれた松山候補』という太い文字が躍っていた。

「トップ記事だ。読んでみろ」

言われて開くと、『血にまみれた松山候補』という大見出しの次に、『松山候補の怪文書のインキに人の体！』という中見出しがついていた。さらに記事には次のように書かれていた。

「本誌が松山候補の怪文書の印刷に使われたインキを民間の科学鑑定所で分析した結果、驚くべきことに、人体にしかない成分や細胞が相当量検出された。

これは、最近発見された落書きのインキに岡山インキの技術顧問平尾氏の体が練り込まれていたことと関連するのではないだろうか。警視庁捜査一課が怪文書の回収を始めたことからも無関係とは思えない。

一方、本誌の調べでは、松山候補は港北大学教授時代、東尾印刷の公害事件で、企業側に立って、原告側に不利な鑑定をしていた。

平尾氏の遺体をインキに練り込むと予告されたことと、松山候補の怪文書に人体の成分が検出されたことは関係すると考えるのが自然である。警察がどの程度事実を掴んでいるのか、今後の捜査の進展が望まれる」

刑事たちは一斉に首を振った。哲子も山中も首を傾げるしかなかった。

「誰がリークしたんだ」

哲子が手を挙げた。

「なんだ、言ってみろ」

「この記事には、我々以上に詳しい事実が書かれています。独自のルートで掴んだネタじゃないですか」

「この記事程度のことを調べていないなんて、怠慢だろ」

喜田の怒りがさらに増した。哲子も多少のことは調べていたが、公害事件のことは調査不十分だと認めざるを得ない。

「岩城には無理です。刑事になる前のことですから」

山中が取りなしてくれた。こういうときだけ先輩の義務を果たしてくれる。

「この記事を書いた記者に接触してはどうでしょうか」

哲子が提案した。

「ばかいえ。リークするなって言ってるだろ」

「記者に会ったほうがいいかも知れません。私の記憶では、十年ほど前でしたか、『週刊バースト』が印刷工場の公害事件を追ってました。事件の背景を掴むことも必要じゃないでしょうか」

山中が古い記憶を辿ってくれた。

「情報源が必要なことはわかるが、十分注意するんだぞ」

喜田がようやく折れた。

「怪文書のインキに平尾氏のご遺体が練り込まれていたことは、もう発表してもいいんじゃないですか？」

別の刑事から喜田に質問が飛んだ。

「選挙が終わってからだ。訊かれても、事実関係を捜査中だと答えておくんだ。いいな。くれぐれも選挙に干渉したと言われないようにしてくれ」


捜査会議がおわり、刑事室に戻った哲子は山中に話しかけた。

「松山候補はどうなりますかね」

「あの記事だとやばいんじゃねえか。週刊バーストの記事によると、いかにも松山候補が悪事を働いたような印象を受けるからな」

「でも事実しか書いていないんですね」

「その事実ってのが怖いんだよ」

「『週刊バースト』って、日本真実出版社が発行してましたね。そこに電話して記事を書いた記者に会ってみます」

「選挙が終わってからだぞ」

「山さんも会いますか？」

「俺は遠慮した方がよさそうだな。二人も行くと、捕まえに来たんじゃないか、と警戒するだろう」

「そうですね」

ところが松山候補の暴露記事は、『週刊バースト』に留まらなかった。明くる日、各新聞社やテレビ局が一斉に同じような記事を出した。犯人から各社に松山候補の悪行を暴いた手紙が送られていたのだろう。

ただ、週刊バースト以外の各社は、怪文書のインキに人体成分が見つかった事実を掴んでいなかった。

「山さん、平尾氏のご遺体を練り込んだインキを製造した場所は岡山インキに間違いないと思いますか？」

「いや、そうと決めてはいかんだろ。インキを製造した場所は岡山インキが最有力だが、アジアインキ、世界インキ、又は他のインキ会社かもしれん」

「印刷した場所も東尾印刷ではなく、下請けに印刷させたかもしれません」

「確かに。東尾社長は下請けに印刷させたことを隠しているかもしれん」

「犯人が下請けの印刷所に持ち込んでインキをすり替える方が、岡山インキや東尾印刷に忍び込んですり替えるより、簡単ですよ」

「哲子の言うとおりだな」

「インキを製造した場所と、印刷した場所に分けて整理してみませんか」

「テツに任せるよ」

「岡山インキでインキを作り、東尾印刷に通常通り納入したケースを第一のケースとしましょうか。それ以外のケースとして、次の三つがあり得ます。

第二のケースは、アジアインキなどでインキを作り、下請けの印刷所で岡山インキから供給されたインキとすり替えた。その印刷所はそれを知らずに、怪文書を印刷して東尾印刷に納入した。平尾氏が姿を消したのが一月十一日の夜で、怪文書が選挙事務所に届いたのが一月二十日です。日程的に不可能ではありません。

第三のケースは、アジアインキなどでインキを造り、岡山インキに侵入してインキをすり替えた。岡山インキはそれを知らずに一月十二日に東尾印刷に納入した。平尾氏が退出したのが十一日夜十時半なので、朝九時までに、平尾氏を殺害して声を録音したテープを作成してから、侵入する必要があります。時間的に可能かどうか、詳しく検討する必要がありますが。

第四のケースは、アジアインキなどでインキを作り、東尾印刷に侵入してインキをすり替えた。これなら、第二のケースと同じく日程的には十分可能です。

これでどうですか」

「よく整理できているじゃねえか。問題はどこから手をつけるかだ」

「東尾印刷から初めてはどうでしょう」

「だな。とりあえず東尾印刷から確認するか」

哲子たちは、東尾印刷を再訪問した。

東尾社長に会うと、すぐに確認した。

「怪文書を本当にこの工場で印刷したんですか？」

「もちろんですよ。下請けなんか使っていません」

「証拠はあるんですか？」

山中が問い詰めた。

「証拠といわれても………」

東尾が黙り込んだが、しばらくしてハッと気付いたように、逆襲してきた。

「証拠を調べるのは、警察の役目じゃないですか」

東尾に言われるまでもなく、哲子は山中の失言に気付いていた。

「紙質はどうですか。この工場では、怪文書と同じ紙を使っているんですか？」

「同じに決まっているじゃないですか。そちらで調べてください」

そう言われると、哲子は困った。印刷工場には、材質、表面の光沢、厚みなどが異なる多種多様の紙が置かれている。どの工場にも怪文書と一致する紙がある可能性が高い。

そのとき、哲子の脳裏に、ある手掛かりが閃いた。

「怪文書はA４の寸法ですけど、A４で刷るわけではないんでしょう」

工場に置かれている紙が、A４より遙かに大きいことに気付いたからだ。

「普通はA全（※６）の半分で刷ります。A半というんですけど。刷ったあとでA４に断裁するんです」

「何で切るんですか？」

「あそこに置いているギロチンですよ」

「ギロチンなんて物騒な物を使うんですか？」

哲子は、ギロチンで首を切断されたマリー・アントワネット王妃を想起した。

「業界ではそう呼んでいます。漢字に直すと、『裁断』を逆にして『断裁』と書きます。昔は『さい』の部分は記載するの『載』だったんですが」

「サイダンするんじゃないんですか？」

「裁断するのは、はさみで切るような切り方です。断裁機は紙を積んでおいて、上から刃物を降ろして一気に切る機械です」

東尾が得意そうに話した。

それを聞いた哲子はハッと気付いた。

「山さん、怪文書の切り口を調べるとわかりそうですよ。ピストルの弾痕鑑定と同じ原理です」

「断裁機がピストルで、弾丸が紙の切り口というわけか」

「そうです。断裁機の刃物の断面形状と怪文書の切り口の形状を比べると、ここの断裁機で切ったかどうか、はっきりします」

鑑識で東尾印刷の断裁機で紙の断裁試験を行った結果、怪文書と同じ切り口形状になった。

これで、怪文書は東尾印刷で印刷したものであると証明された。

つまり、上記四つのケースのうち、第二のケースはあり得ないことになった。

残された問題は、インキが岡山インキで製造されたものかどうかである。

4

次の日、哲子たちは喜田に呼ばれた。

「公害事件の裁判記録を調べると、とんでもない事実が判った。この資料を見ろ」

山中に手渡された資料を、哲子も横から覗き込んだ。

「公害訴訟の原告側に中村春子という名前があるだろ。胆管ガンでなくなった東尾印刷の社員中村正次郎の妻で、岡山インキの社員中村拓はその息子だそうだ。お前達がよく口にする名前だろ。どういう人物だ」

中村と聞いて哲子は飛び上がらんばかりに驚いた。だが最初にあった頃は彼が犯人かもしれないと感じていた。よく最初の直感が正しかったと言われる。この事件もその一例となるのか。

「昨年群栃大学を卒業して入社。平尾氏の指導を受けていて、平尾氏が姿を消す直前までインキの製造を教わっていたと話しています」

「真っ黒じゃないか。その男が被害者の息子だったなんて、そんな大事なことを見落としていたのか」

「どの社員も公害事件のことを話してくれませんでした」

山中の言い訳に怒ると思いきや、喜田が首を傾げた。

「しかしおかしいぞ。会社がそんな人物を雇用するとは、信じられん」

哲子も不思議に感じた。どうもこの事件は謎だらけだ。

「岡山インキが裁判に関わっているわけじゃありませんし、想像ですが履歴書に父親死亡と書いただけなら、そこまでわからないんじゃないですか。中村ってありふれた名前ですし」

哲子が頭をフル回転させながら推理してみせた。

「そうかもしれん」

喜田も納得したところで、山中が発言した。

「我々は間違った方向に誘導されていたかもしれません」

「どういうことだ」

「最初に送られてきたCD中に『ゆりかもめ』の走行音がありました。あれがわざと挿入されていたとしたら、どうでしょう」

「音の編集をした形跡はなかったのか」

「あれば鑑識が気づいたはずです」

「どこかで録音してきた音を流しながら、平尾氏の声を録音したとすると、解析できないかもしれません」

哲子は推理して見せた。

「岡山インキを捜査対象から外すためか」

「ではないかと」

「中村が復讐のために仕組んだのかもしれないということだな」

「もちろん中村に限らず、他の社員も調べる必要がありますが」

山中が提言した。

「わかった。すぐに岡山インキの捜索にあたってくれ」

喜田の指示に従って、哲子は岡山社長に直接面会を申し込んだ。今回の事件でもっとも被害を受けたのは代表取締役である岡山社長である。もし内部に犯人がいるかもしれないとわかると、即座に社内捜索を認めるはずだ。

岡山インキで社長に面会した哲子たちは、事情を説明して、社内捜索に協力して欲しいと頼み込んだ。

「同業者がリスクを冒してこんな犯行をするのはおかしいと思ってたんだ。徹底的に調べてくれ。松山はどうでもいいが、顧客の東尾印刷にまで迷惑を掛けるのは許せん」

岡山社長が同席していた専務を振り向きながら、興奮気味に話した。

「でも中村が心配です」

専務が眉をひそめた。

この言葉は哲子には予想外だったが、その理由はすぐに明らかになった。

「中村がどうしたって言うんだ」

「万能水性インキを再現してくれたのに、彼が関与していたら可哀想な気もします」

そういえば、未完成のインキを再現したと中村が自慢していた。あのとき哲子は中村が怪しいと感じた憶えがある。

「本当は平尾先生から教えて貰っていたんだろ。自分が開発したように言ってるが」

社長の言葉に、哲子も疑いを強めた。

「いや、そうとは思えません」

専務が抵抗する。

このままでは、収拾がつかない。どうやってけりをつけようかと思っていると、山中が間に割って入った。

「まだ中村さんが犯人だと決まったわけではありませんし、他の社員が関係するかも知れません。捜索してけりをつけませんか」

「わかった。夜なら機械が止まっているからいつでも調べてくれ」

社長が決断を下した。

「では今夜調べさせて貰います」

「製造部には私から伝えておきます」

専務が折れた。


その夜、哲子たちは鑑識と応援の刑事を伴って、製造現場に乗り込んだ。

まず、テスト用製造装置全体に亘って、機械や床に付いたインキを採取した。平尾の遺体を練り込んだインキを探すためである。

さらに鑑識官がＡＬＳを使って、機械や床の血痕を探したが、すぐには血痕反応がない。

鑑識官のやり方に、哲子はふと疑問を感じた。平尾が殺害されてから随分日が経っている。簡単に掃除できる所に血痕は残っていないはずだ。

「機械の下から上にＡＬＳのライトを当てて貰えませんか？」

哲子の要請に応えて、一人の鑑識官が溶解反応槽の周囲を下から照らすと、その台部の下側に血痕が見つかった。

その後、鑑識官が製造現場の血痕をくまなく調べたが、溶解反応槽の台部以外には血痕が見当たらなかった。

また、平尾氏の遺体を練り込んだインキは発見されなかった。事件後何度も清掃されているので、当然だろう。

二日後、溶解反応槽の台部にあった血痕は、平尾のＤＮＡと一致するとの結果が出た。

その後開かれた捜査会議では、ＤＮＡが平尾氏と一致した血痕が争点となった。

「血痕の量が少ないが、それでも平尾氏のご遺体がここでインキに投げ込まれたと結論できるのか」

喜田の問いかけに哲子が応じた。

「犯人が後頭部を凶器で殴打するか、刃物で刺して殺害した後、衣服を脱がせて溶解反応槽に放り込んだ、とすれば一応説明はつきます。そのときはかなりの出血があったと思われますが、ほとんどは清掃されてしまったのでしょう」

「犯人は例の中村という男か」

「だと思います」

「ではすぐに事情聴取しろ」

喜田の言葉を受けて、哲子は勇み立った。

# 第五章 —— 暗雲

## 1

　捜査会議の翌日、哲子と山中は、岡山インキの応接室で中村と向かい合った。保坂部長と月山課長が同席している。

「先日、こちらの製造現場で溶解反応槽の台部から平尾氏の血痕がみつかりました。最初にインキの原料を投入する装置ですね。中村さんは、なぜそこに血痕が付いたのかご存じでないですか？　現場には平尾氏とあなたしかいなかったんですよ」

　哲子から意外な事実を突きつけられた中村が首を傾げた。

「そうですか」

「平尾氏の体を投げ込んだときに、付いたものではないですか？」

「まさか」

　絶句する中村に、山中が薄笑いを浮かべながら口を開いた。

「きれいに洗ったはずなのに……と思っているんですか？　CDに細工をして外部の者の犯行と見せかけ時間を稼ぎ、現場から事件の痕跡をなくしたつもりが、残念ながら見落としがあったようですね」

「全く身に覚えがありません」

「血が付着していたのは機械の下の部分です。通常の仕事で平尾氏が血を付けることはあり得ないでしょう」

哲子は補足した。

「先生がここで殺害されたなんて、信じられません」

中村はあくまで冷静に振る舞っている。

「ここで殺害された、なんてひと言も言ってませんよ。ただ平尾氏のご遺体が入ったインキがここで造られた疑いが濃いと言っているだけです」

哲子は中村のミスを見逃さなかった。

「正直に話しているつもりですけど、自分は疑われているんですか？」

「あなただけでなく、他の人からもいろいろお聞きします。我々はあくまでいろんな可能性を考えていますから」

哲子はさらりと言った。

「いつでも真実を話しますので、何でも訊いてください」

「ここではなんですので、署までご同行願えませんかな」

山中が中村の肩に手をやった。

中村は逆らおうとせず、素直に応じた。

哲子が運転する車の中で、静かにうつむいていた中村が突然話し出した。

「溶解反応槽に付いていたという血のことですけど、思い出しました。平尾先生と初めて製造現場に行ったとき、酔った先生が倒れて溶解反応槽の台部に頭をぶつけたんです。あのとき、先生の頭の血は拭いたんですけど、機械に血がついたかどうか確認しませんでした。おそらくその時についた血に違いないと思います」

中村がその時の状況を説明した。

「いや、そんな作り話で簡単に騙されるほど、警察は甘くないですよ」

山中が片方の頬をゆがめた。

「事実を話しているんです」

「なぜ、最初に怪我のことを言わなかったんですか？　どうすればうまく言い逃れることができるかって、先ほどから考えていたんですね。まだ日が経っていないんだから、それが本当ならすぐに思い出していたはずです」

「自分は何事もワンテンポ遅れる性格なんです。いつも人に指摘されているんですよ」

「本当ですか？」

哲子も一言突っ込みを入れた。

「誰だってすぐに思い出せないこともありますよ。先生はあのとき酔っていたんです」

「確かにお酒を飲んでいたようですが、ふらふらになるほど酔うはずはありませんよ。もっとまともな言い訳を考えるんだな」

哲子も山中も取り合おうとしなかった。

車が向島警察署に着くと、中村を取調室に案内し、事情聴取を開始した。

「あなたは平尾氏が開発したインキを再現したとおっしゃってましたが、おかしくないですか。平尾氏が長い期間かかって開発したインキを一ヶ月も掛けずに開発できるわけないでしょう」

「正確には私が開発したのではありません。先生のご遺体が練り込まれたインキを分析してわかったのです」

「そのインキは向島神社の森で見つけたと言ってましたね」

「その通りです」

「その時は軽く聞いてましたが、今は事情が違います。そんな話が事実かどうか確認する必要があります。そもそも向島神社の森は警察官が巡回していたはずです。CDケースなんか持ち出せないと思います」

「警察官には気づきませんでしたが、CDケースはゴミですから、拾っても怪しまれなかったんだと思います。職場に置いてますので、鑑識で調べてください」

「ふーん、なるほどね。古いCDケースを森に持ち込んで、土や埃を付けておいて、鑑識に渡し、自分の主張を裏付けさせる。そう考えているんでしょう。そんな誘い水に乗る警察と思っているんですか！」

哲子は鬼のような形相でドンと机を叩いた。

「どうすれば信じて貰えるんですか」

そう言ったきり、中村が沈黙を続けた。

「テツ、動機を追及しろ」

「最初脅迫状が来たとき、あなたはその意味を詳しく説明してくれました。インキのデータをホームページに載せると利益を得るのはライバル会社だとね。おまけに送ってきたCDには『ゆりかめ』の走行音が背景に入れられていた。我々はすっかり騙されて、アジアインキや世界インキに無駄な社内捜索をしてしまった。悔しいことにあなたにすっかり踊らされたんです」

哲子は険しい目で中村を睨むが、言葉は冷静だ。

「自分はあくまで捜査に協力しただけです」

中村も冷静に答えた。

「なぜ平尾氏を殺害した。父親の恨みからか」

山中が口を挟んだ。

「父の恨み？　何ですか、それは」

「あなたの父親は、東尾印刷の従業員だったとき、インキの洗浄液が原因で胆管ガンになり、それが原因で亡くなりましたね」

「それが原因だったのか、それとも酒が原因だったかわかりません。でも、それと先生の殺害と何の関係があるんですか」

「あなた、『週刊バースト』の記事を読んだでしょう？」

「いいえ、読んでいません」

「あれだけマスコミが騒ぎ立てているのに、気が付かないわけないでしょう」

「ここしばらくは完成した万能水性インキの量産体制を確立するために奔走していて、週刊誌やネットの情報から離れていたんです。確かに社内で公害どうのこうのと話している人がいましたが、首を突っ込む暇がなかったんです」

中村が一気にまくし立てた。

「そんなに忙しかったなんて、信じられません」

「万能水性インキの量産化テストで徹夜、徹夜の連続だったんです」

「まあ、いいとしましょう。でも顧問室には裁判関係の書類もありましたよ」

「顧問室に入ったときはいつも先生がいました。そんな書類を探すなんてできません。探そうとも思いませんけど」

「ああ言えばこう、こう言えばああか。なかなかしぶといですね」

哲子は上目遣いに中村を見た。

なかなか口を割らない中村に業を煮やしたのか、山中が口を挟んだ。

「岡山社長の娘婿が東尾社長で、平尾氏と松山元教授が学生時代からの友人でした。その関係で松山元教授が公害事件に関わったことはご存じですね」

「自分には初めて聞くことばかりです。そういうことがあったんですか」

「他人事のように言わないでください。おとぼけ上手ですね」

「本当なんです。亡くなった母から公害裁判で父の病気と印刷の仕事とは関係がないという鑑定があったと聞きました。それに父は酒飲みでしたから、胆管ガンの主な原因は酒の飲み過ぎだろうと言ってました」

中村がとんでもない作り話を持ち出した。

「あなたはそれを信じていたのですか」

「はい。もちろん印刷インキの洗浄液が人の健康を害するということは知っていました。だからここに入社してからは、環境に優しい水性インキを開発した平尾先生の教えを乞えると期待していたんです」

　中村の説明に、哲子は怒りを通り越して感心した。

「いやあ、説得力のある説明ですね。信じはしませんが」

「嘘偽りのない気持ちなんです」

　そのとき、立っていた山中がしびれを切らしたのか、中村の横に座り込んだ。

「父親が公害で亡くなった後、君の母親は一人で苦労して君たち兄妹を育てあげた。復讐を考えるのも無理はない。正直に話してくれたら、裁判官も人間なんだから情状酌量する。悪いことは言わない」

「無実ですから、情状酌量なんか要りません」

　中村が毅然と言い切った。

「あなたは父親の恨みを晴らすためにこの会社に入社したんでしょう。そうとしか考えられませんよ」

　哲子は諭すように話した。

「違います。恥ずかしい話ですが、二十社ほど受けて、内定をもらったのはここだけだったんです。もちろん会社と東尾印刷の関係なんか知っているわけありません」

　何社も落ちたことを正直に話すが、それで言い逃れようとする犯罪者を数多く見てきた。

「それでは、入社してから松山候補と平尾氏の関係や裁判の経過を知ったんですね」

哲子は、あくまで中村が平尾殺害の動機を持つことを認めさせようとした。

「そんなこと、どうやって知るんですか」

「松山氏が都知事に立候補することは、去年の秋ごろから騒がれていたんだ」

山中も攻撃に加わる。

「政治には関心がありません」

哲子と山中が交代で攻め立てるなか、中村が必死に反論した。不思議なほど打たれ強い男だ。

すると、哲子と山中は、しばらくの間沈黙した。

すると、中村が勢いづいて、余計なことを口にした。

「そういうことをおっしゃるのなら、家宅捜索してください。公害裁判の資料とか、パソコンにネットの情報を取り込んでいるとか、証拠を調べて貰えませんか」

「証拠、証拠って言うところをみると、証拠を残していない自信があるようだな」

山中が座りなおした。中村が追い詰められた、と解釈したようだ。

「そろそろ殺害方法を詳しく話して貰えませんか？」

哲子は詰め寄った。単刀直入にお前が殺したと言って、手を変え品を変えて犯人を追い詰めるのが捜査の常套手段だ。

「自分が先生を殺めるなんてできるわけないです」

「言わないのなら、こちらで話させてもらいます。装置に付いていた血痕から見て、社内で殺害し、インキに練り込んだことはまず間違いないです。頭だって、袋に入れてハンマーで叩けば細かく砕けるし、金歯は取り除き、後はあなたが現場で説明した通りです」

哲子は見事に筋書きを言って見せた。

「自分は無関係だと言ってるでしょう」

中村はあくまで否定したが、哲子はさらに推理を進めた。

「あなたが平尾氏からインキ造りを教えてもらっていたと主張している夜のことですが、インキを造ると出荷棚に置いて、東尾印刷に納める予定のインキ缶とラベルを貼り替えて、残りのインキ缶は持ち帰って落書きに使った。そういうことでしょう」

中村がそのときの状況を説明した。

「先生からインキができたら、このインキ缶に詰めてスタンプは押さずに出荷棚に置いておくように、と指示されていました」

「本当にそのインキ缶を棚に置いたんですか」

哲子がふと漏らした言葉が、中村に衝撃を与えたようだった。

「そう言われると、よく憶えていません。自分が造ったインキがどこかに出荷されたと漠然と思い込んでいました」

中村が急に不安気な表情を見せた。

「自分が造ったものでしょう。とぼけるのもいい加減にして貰えませんか」

哲子は、あきれ果てた。

「先生が行方不明になった朝、出荷棚に私が造ったインキ缶がなかった気がします。ですけど出荷係に確認していません。先生と出荷係との間で話がついていたと思い込んでいました。その後も、自分の造ったインキの行き先には関心がなかったんです」

「出荷棚に置いておけば出荷係が持っていくという決まりですか？」

「製造ラインでインキを造ったのは初めてです。どういう取り決めになっているのか、教わっていません」

「ラベルを貼り替えたと考えるのが自然なんだよ。いやそれ以外に考えられないだろう」

山中が詰め寄ってきた。

「待ってください。会社に戻って出荷係に確認させてください。そうでないと私も納得できません」

「こっちは納得できています。さっき言った通りなんですよ。あなたが素直に認めさえすればいいんです、と言おうとしたとき、中村がとぼけた顔で訊いてきた。

「あのう」

「何ですか？」

「ラベルを剥がしたら破れませんか。そんなにうまく剥がれるんですか」

「ラベルに切手剥がし液を塗ったら、簡単に剥がれます」

強気で言い切ったものの、哲子は内心不安を抱いていた。切手剥がし液を塗ったラベルが残っていないかもしれないのだ。

「私の造ったインキが別の印刷会社に出荷されていて、先生の造ったインキが東尾印刷に納められた。そして東尾印刷でインキがすり替えられた。という可能性はないですか？」

中村の反論は、最初から想定していた。

「無駄な抵抗だと思いますけど」

「だから会社で確認させてください。電話ではできません。戻らせてください」

気がつけば午前三時になっていた。さすがに腹が減っただろうが、中村がじっと耐えている。

哲子たちは、代わりの刑事をドアの傍に立たせて、取調室を出た。

「山さん、どうしましょう」

「思ったより手強い奴だな」

二人は取調室に出たり入ったりを繰り返し、善後策を協議した。だが、中村も頑固に口を割らない。

ただ哲子には、一つ気がかりな点があった。

「でも、東尾印刷にインキが渡るまでのルートは、確認する必要がありますよ」

「だな、もう明け方だし、いったん帰らせよう」

取調室に入って、山中が釈放を言い渡した。

「今日のところは帰ってもらいます。インキの件はすぐに社内で確認してください。午後から事情を伺いにいきます。そのとき納得のいく説明ができなければ逮捕しますよ」

もちろんこけおどしだ。きちんと説明できないからといって、証拠もないのに逮捕できるわけがない。

# 2

中村を帰らせると同時に、哲子たちは岡山インキを訪問した。社内の構造物をもう一度確認し、中村の言い逃れを封じるためだ。

本館を出て、製造棟の横に立って見ると、塀はそれほど高くない。

「社員の出入りはどのように管理しているんですか」

岡山専務が説明する。

「玄関はパスカードなしに入ることはできません」

「事件当日の記録はあるんですか？」

「当日のパスカードの使用履歴から、夜九時以降は中村以外誰も出ていないし、誰も入っていなかったそうです」

「通用門も同じですか？」

「ええ、平尾先生以外は誰も出ていないし、誰も入っていません」

岡山専務の説明を受けたとき、時刻は正午近くだった。

哲子たちはいったん向島警察署に戻り、午後から岡山インキを再度訪問した。

応接室で、中村を一人きりにして説明を聞いた。

「あなた以外の殺人犯が他の会社でインキを造った可能性はどうですか？」

「社外に出た先生を殺害し、インキを造ってから塀を乗り越えて忍び込み、製造棟に入って、六缶分のインキを持ち込めないことはありません。それなら東尾印刷に納めるインキと入れ替えることは可能です」

予想通り、中村は言い訳を用意していた。

「平尾氏が退社したのが、夜十時半で出荷係が出勤するのが九時ですよ。十時間半の間に平尾氏を殺害して声を録音し、インキを造るのは可能ですか？」

「工程を急げば造れます」

中村は、哲子が検討した第二のケースを主張した。なかなか油断がならない。

「常識的には、社内に侵入するなんて、誰か内部の者が呼応していない限り無理ですね」

「東尾印刷に忍び込んで、インキを入れ替えた方が簡単でしょうけど、もしそうだとすると私の造ったインキが消えた理由がわかりません」

今度は哲子が考えた第四のケースを、中村が提示してきた。

「結局、岡山インキで誰かが平尾氏のご遺体を練り込んだインキを造った可能性が高いようですね」

「ええ、そのほうが、インキの入れ替えも簡単ですし、残りのインキを外に運び出すのも簡単です」

いつの間にか、中村が刑事の立場で話している。それなら、こちらは犯人の立場で話すしかない。

「でも平尾氏の声を録音して殺害し、インキを造った後、現場の血痕などをぬぐい去る必要がありますよ」

「至難の業にはちがいありませんが、二人いれば不可能ではないと思います」

「色々な条件が当てはまる人物が、そうそういるものですか？」

「結局、私が最も怪しいんですね」

中村がため息をついた。

「あなたが犯人だとしたら、どのように行動します」

「インキを造り終わって退社してから、平尾先生を殺害し、その後、死体と共に塀を乗り越えて侵入します」

ようやく中村が犯人の立場に戻った。

「平尾氏が殺害されたときのアリバイはあるんですか？」

「帰宅したとき美佳は寝ていたし、朝出るときもまだ寝ていました。だからといって、私が家にいたことに気付かないはずがありません」

「残念ながら、身内の証言は役に立たないでしょうね」

「では何がなんでも真犯人を見つけないと自分が犯人にされてしまうんですね」

「焦らないで落ち着いて考えてください。中村さん以外に怪しい人がいないんですか？」

追い込みながらも、哲子は冷静さを失わなかった。

「確かに、私以外にも怪しい社員がいると思います。彼らにも隠された動機があるかも知れません。岡山インキを退職した小中さんなどと組んでいる可能性もあります」

「なるほど、我々の気づかない点ですね。その可能性も検討する必要がありますね」

哲子たちは事情聴取を終えて、岡山インキを後にした。

向島警察署に戻る途中、哲子はずっと考えていた。

中村の犯行がほぼ決定的と考えられるが、本当に間違いないだろうか。

中村が言うとおり、あの血痕は偶然付着したものかもしれない。そうだとすると、平尾を社外で殺害した可能性も否定できない。

もっともその場合でも、中村を犯人から除外すべきとは限らないが。

用意周到な中村なら、平尾が会社を出た後、殺害して遺体を社内に運び込むルートや方法は調べていただろう。そして、遺体を練り込んだインキを造り、東尾印刷向けのスタンプを押したインキ缶を出荷棚においた。

スタンプを押す方法を出荷係に確認したところ、出荷先を示すアルファベット二文字と、六桁の製造ロット番号を回転式ゴム印で印字するという。東尾印刷の場合、HG××××××とスタンプで印字することになる。

まだ納入先が決まっていないインキの場合、アルファベットの部分は押さずに、製造ロット番号のみを印字する。その場合、出荷係は営業と相談して、決まった客先のアルファベットを二桁のゴム印で押す決まりとなっている。

中村なら、東尾印刷に納入するインキ缶のラベルの印字方法も知っているはずだ。

だが、中村が無実だとすると、話は変わってくる。会社から出た平尾を殺害し、遺体を練り込んだインキを岡山インキ外で作って、東尾印刷か岡山インキに侵入した人物がいる。

東尾印刷でインキをすり替えたとすると、インキ缶を廃棄しているので、ラベルは確認しようがない。

岡山インキに侵入したとすると、その人物は侵入後、インキ缶を出荷棚においた。もちろん東尾印刷に納入するラベルの印字方法も知っているはずだ。

そのような人物となると、現在も岡山インキの社員である人物か、元社員の人物以外には考えられない。

3

絹は国内優先権出願が気になって、岡山インキの知財部に電話を掛けた。

「加美山ですが、どういうご用件でしょうか」

すぐに電話に出た加美山に用件を切り出した。

「以前出願したインキの発明ですが、その後新たな知見があったのでしょうか」

「あるにはあるんですが……」

絹は、加美山の歯切れの悪い言葉が気になった。

「何かあったんですか？」

「中村が、平尾先生殺害の容疑で事情聴取を受けたんですよ」

「本当ですか」

絹はさっそく岡山インキに出向き、加美山立ち会いの下、中村に会った。

「事情聴取を受けたそうですが、その刑事さんの名前は？」

「たしか、岩城刑事と山中刑事でした」

「私は以前、警視庁の顧問をしていたことがあります。綿貫刑事か桐野刑事なら、面識があるんですけど、そういう名前の刑事がいませんでしたか？」

「いえ、二人ともいませんでした」

「そうか。誘拐事件なら捜査一課の強行犯捜査係じゃなくて、特殊犯捜査係になるんですね。どちらにしても、中村さんが人を殺めるような人ではないと、私は信じています。もしよければ、詳しい状況をお聞かせ頂けませんか」

　中村が深く息を吸い込んで、話し始めた。

「一月七日の夕刻、私は資材を載せた台車を引く平尾先生を見かけました。製造ラインに向かっていたので、量産テストではないか、そう思って後を追いました。量産テストは製造ラインが止まる夜中に行う、と聞いていたからです。

　先生、インキの量産テストですか、と訊ねると、振り向きもせず、そうだと言われました。何かお手伝いすることありませんか、と聞いたのですが、先生は険しい顔で、インキのテストは誰にも手伝わせないと言って、今から俺以外は製造現場に立ち入り禁止だ、と言い渡されたんです」

「平尾さんはいつも一人で実験するんですか？」

「他の人に聞くと、いつもそうだ、と言っていました。

　ところが一月十日の朝、その日は連休明けでした。先生から、印刷テストしたデータを説明するからすぐ来い、と電話がありました。顧問室に入ると、最新のデータを載せた書面をくれたんです。

　書面には、万能水性インキでポリプロピレンフィルムに印刷したときのデータが記されていました。印刷物の接着力の数値が、以前貰ったデータより向上していました。

「平尾さんは、連休中にテストされたんですか？」

「私もそれを訊ねたんですが、答えて貰えませんでした。

それに別の疑念が湧いてきたんです。以前弱かった接着力が強くなっていたのは、何か改善点があるはずです」

「前に貰ったデータより接着性が良くなっていたんですね？」

「それで、何か組成を変えられたんですか？と訊きました。すると、俺が開発した添加剤ＨＫＥ剤にＸ成分をさらに添加したんだ、と自慢げに話されました。

Ｘ成分ってどういう物質ですか、と訊くと、このインキは特許出願せずに我が社のノウハウとすることになっている。君はまだ信用できんから教えるわけにはいかん、と言われたんです」

「なかなか疑り深い人だったんですね」

「でも、思い直したのか、明日、万能水性インキの試作をするから午後六時に製造現場に来なさい、と優しい言葉をかけてくれました」

絹は、なぜ平尾の心が変化したのか、疑問に思った。

「意外ですね。それまでの経過からすると、教えないような気がしますが」

「でも、私は有頂天になって、その夜、妹の美佳に自慢したほどです」

「美佳さんは、インキのことに詳しいんですか」

「いいえ、その点は説明しました。親父が罹った胆管ガンの話から始めました。印刷に油性インキを使うと、体に良くない溶剤を使わざるを得ない。ところが水性インキだと水やアルコールを使えるので、公害の犠牲者は出なくなるという話を」

「美佳さんは喜んでいたんでしょうね」

「ええ、目を輝かせていました」

「では、試作の日の状況をお願いします」

「次の日午後六時前に製造現場に行くと、少量だが今日の試作品の性能がよければ印刷会社に出荷するから、そのつもりで造るんだぞ、と言われました。

先生は原材料の投入量の表を渡し、じっと側で私の作業を見守っていました。溶解反応槽にビヒクルの原料を投入し、一時間ほど運転したとき、次に移せと言われ、ビヒクルを分散撹拌機に移すと、黒色顔料であるカーボンブラックも投入しました。

そのとき、先生が『HKE剤』とフェルトペンで書かれた容器を私に手渡して、それをここに入れるんだ、と言われたんです。

私はがっかりしました。すでに混ぜてあるので、『HKE剤』中の成分Xが何かわからないんです」

「成分Xは何か教えて貰えなかったんですね」

「まだ早い、と先生は首を振ったんですが、明日の午後一時に部屋までくれば、そのときに説明する、と付け加えてくれました。その言葉を聞いて気持ちが高まりました。ようやく万能水性インキの全てがわかるのだと思いました。

その後、表に書かれた時間だけ分散撹拌機を運転し、さらにニーダーに進んだとき、先生が、僕はもう帰る、って言われたんです。最後まで指導してもらえないのですか、と粘ったんですが、ニーダーから後は君一人でできるだろう。できたインキはこの五キロ缶に詰めて出荷棚に置くように、と言われました」

「よくわかりませんが、そういう手順になっているんですか？」

「私には工程の手順が解っていないので、言われる通りにするしかありません。それで、お疲れ様ですと、気持ちよく送り出しました」

「それは何時頃だったんですか？」

「夜の十時半近くでした」

「終電にはまだ早いですね」

「考えてみると、その日の前の連休中も先生はインキを造り続けていたようです。さすがに老体には応えたんでしょう。先生が早く帰宅したい気持ちもわかります。

ようやく造り終わって、できたインキを五キロ缶六個に詰め終わったのは、十二時近くでした。まだ終電に間に合う、そう思って駅まで走りました」

## 4

「平尾氏と別れた夜の状況は判りました。次に、新たな万能水性インキを開発したいきさつを説明して頂けませんか」

「平尾先生の体をインキに練り込んだという葉書が届くと、中村、早く例のXを捜し出せ。でないと会社が危なくなる、と専務に言われて顧問室の鍵を渡されました。

捜していいのか確認すると、『先生が殺害されたんだから、ためらうことは何もない。会社の運命は万能水性インキにかかっているんだ』と言われたんです。

去年、先生が水性インキを万能水性インキが完成したと発表したのは、社長や専務に強制されたからと聞きました。そのときは、ポリプロピレンに対する接着力が弱すぎて、実用には制限がありました。でも期末の二月までに株価を上げて自社株を売却すれば債務超過は免れる、というのが社長たちの読みだったそうです。

期待通り、小中さんがＨＫＥ剤を開発して、接着力を何とか実用できる値に向上させました。その時点では、特許出願はせずノウハウとして、他社の模倣を防ぎました。

ところが、ＨＫＥ剤を開発した小中さんが他のインキ会社に転職したので、自社の優位性が揺らぎました。

そこで、さらに大きい接着力をもたらすインキを先生に開発するように発破を掛けたんです」

「それで平尾氏がXを開発したんですね」

「先生がXを見つけたと言ったとき、社長は信用していなかったそうですが、株価さえ上がれば、後は何とかなるという見通しだったそうです。

ところが、これで我が社は安泰だと思った矢先に誘拐されたので、社長のもくろみは崩れたんです」

「万能水性インキのデータ公開で株が暴落したのですね」

「それで株価をV字回復させるために、顧問室に入って、Xの物質名を突き止めるように指示されました。

幸い、先生がテストで造ったインキのサンプルや最後に造ったインキの保存サンプルは残っていました。念のため印刷テストをすると、やはり優秀な性能が確認されました。でも分析しても添加物Xはわかりませんでした。先生が言っていた通り、インキの製造過程で分解しているからです。

専務から鍵を預かると、私は顧問室にある薬品のうち、Xに相当しそうな物を片っ端からインキに添加してみました。でも、どの薬品を加えても、先生が完成した万能水性インキに匹敵する接着力を発揮することはありませんでした」

「何かを見落としたんじゃないですか？」

「かもしませんが、いくら探しても発見できなかったんです。行き詰まった私は、一月二十四日の日午後三時に早退し、一人で向島神社の森を散策しました。学生時代も一人になりたいときには水浦の森を散歩していたんです。

そのとき、無残に幹が削り取られた大木が目に留まりました。辺りの木々の幹が所々削り取られていました。それらの木の根付近の土が異常に黒い、と思った瞬間あの落書きのインキだと気付きました。

木の幹に塗られた黒いインキを警察官が削り取って回収した後なんですが、インキが地面に吸い込まれている部分は取り切れていなかったんです。インキの跡を地面まで辿ると、空のCDケースに辿り着きました。心ない人が捨てたケースに黒いインキが飛び散っていたんです。

神聖な森にゴミを捨てるとは許せない、そう思ってCDケースを拾い、バッグに入れました。でも、自分にとってはゴミなんかじゃないと気が付いたんです。先生のご遺体が練り込まれたインキを初めて手に入れたんですよ。警察は大事な証拠といって、集めた証拠品は会社に渡してくれなかったもので」

「なるほど、捨てられたCDケースは神社の所有物ではないので、持ち帰っても大丈夫ですものね」

「それで、インキを分析すれば、どの会社で造ったかわかるかも知れないと思ったんです。分析のため落書きインキをCDケースから剥がし、質量分析器にかけると、万能水性インキと人体成分が混在していました。結局、警察から渡された分析データと同じでした。でも成分Xが入っているのかどうか、気になって、接着力を測定すると、驚くほど強かったのです。

　そこで、このインキは先生のご遺体を練り込んだために接着力が高まったのかもしれないと考えました。殺害前に犯人が印刷テストしたインキには、先生のご遺体が練り込まれていません。それで接着力が弱かったのでしょう。

　つまり人体の何らかの成分がポリプロピレンへの接着力を高めたことになります。成分Xと同じかどうかわかりませんが、それはどうでもいいと思いました。要するに、会社のために万能水性インキを作ればいいんですから。

　人体の接着性に関係する物質として考えられるのは蛋白質です。もっとも人体に含まれる蛋白質は、約十万種類あると言われているので、どの種類が効いているかを突きとめるのは難しいんです」

「私も医学部出身ですので、それは知っています」

「機能性インキとしてプロテインパウダーを添加したインキは以前から開発されていますが、ポリプロピレンへの接着力がぐんと高まるという報告はありませんでした」

中村の言葉から、絹にはある物質が閃いた。

「人体に存在する他の蛋白質としては、医学分野で細胞同士の接着剤として使われるタンパク質の一種Jがありますね」

「そうなんです。落書きインキを一日掛けてしつこく分析すると、わずかながらタンパク質の一種Jのごく小さい欠片が見つかったんです」

ここで、絹はふと疑問を感じた。

「顧問室には、ヒントとなる物質がなかったんですか？」

「顧問室にも実験室にもタンパク質の一種Jらしき薬品は見つかっていませんし、購入リストにも見当たりません。ただ、先生が他の研究者に探られないために、ポケットマネーで薬品問屋から資材を購入することはよくあったと聞いています。

結局、頼るべき情報はなく、自分で元から実験するしかなかったんです。そこでJを添加したインキの実験計画を組みました。

ところが、Jには何種類かあるので、その最適な組み合わせを追及する必要がありました。そうなると、実験の回数は膨大なのに、月山課長には人員を割いて貰えませんでした。

ところが、専務が海外出張から戻ってくると、状況が一変して、日向さん始め多数の社員が加わって、短時間で七十通りの実験を三日で完遂でき、最適なJの組み合わせが判明したんです。

造ったインキでポリプロピレンフィルムに水なしオフセット印刷した結果、引張試験機で測定した接着力は極めて強力でした。先生が開発していた万能水性インキ以上のインキを完成させたんです」

中村の長い説明を聞いた後、絹はようやく本題に入った。

「それでは、国内優先権を主張した特許出願の相談に入りましょうか」

「いえ、私どもだけでは決められませんので、専務にも加わって貰います」

そう言って、加美山が受話器を手に取った。

5

岡山専務が入ってきた。

「話ってなんだね」

「特許出願の件で相談したいので、お呼びしたんです」

「どういうことだ」

「専務、このインキは特許出願して問題ないのでしょうか」

「そうだね……中村君のデータを見ると、添加したタンパク質は分解して、インキを調べても何を添加したかわからないとある。もちろん別にマスキング物質も加えているので、他社は真似できない。

となると、特許出願しても意味がないんじゃないか。中村君には、ノウハウへの報償金で報いることにする」

「あのう、このノウハウは平尾先生が発見されていたので、先生のご遺族に報償金を出すべきではないかと思います」

「先生はXが何かを教えてくれなかったし、XとJが同じとは限らん。それに君が見つけなきゃ、我が社は倒産したかもしれんのだ」

「でも、先生のご遺体が自分を呼んで、見つけたインキが予言してくれた気がします」

中村が不可思議な言葉を口にした。

「インキが予言するなんて、おかしなことを言んじゃないよ」

「そういう気がしたんです」

向島神社の森でCDケースを見つけたのは、平尾のお陰と思っているようだ。

「平尾先生のご遺族のことは別に考えることにするから、遠慮することはない」

「はあ」

中村と岡山専務のやりとりを聞いている絹には、別の心配があった。

「貴社は職務発明について、予約承継の定めをしているんですか？」

絹の問いに加美山が答えた。

「いえ、していません」

「そうすると、もし小中氏が、貴金属を添加した水性インキを特許出願していれば、先方が先願権を獲得します。その特許出願が公開されてから慌てて出願しても、貴社の出願は後願になります。アジアインキが特許権を獲得したとき、貴社はアジアインキの許可なしに製造できますが、アジアインキも自由に製造できますよ」

「それは困ります。アジアインキが貴金属を添加した水性インキの特許出願をしているのかどうか、確認できませんか」

　岡山専務が絹に頼み込んだ。

「出願日から一年半先でないと公開されないので、それは無理です。もっとも貴社が貴金属とタンパク質の一種Ｊを添加した水性インキの特許権を得ると、アジアインキはＪを添加した水性インキを製造できません」

「それなら、問題ありません」

「あのう、先日、刑事さんに頼まれて、アジアインキが今造っているインキの性能を調べたんですが、先方のインキは万能水性インキより性能が劣っています。でも、アジアインキが正直に最新のインキを警察に提出したのか、心配になってきました」

「なるほど、小中さんも、中村さんと平等に落書きインキを手に入れる機会があったはずですね」

「それだけではなくて、刑事さんとのやりとりでは、小中さんも容疑者の候補だと言っていました」

「わかりました。小中さんが犯人であるかどうかは別として、アジアインキは万能水性インキとほぼ同じインキを開発している可能性があります。いや、すでに特許出願しているかもしれません。こちらも出願を急ぐ必要があります。

　とりあえず、貴金属とタンパク質の一種Ｊを添加した万能水性インキの特許出願をするしかないですね」

「羽生先生の説明はよくわかりました。中村君、国内優先権とやらの特許出願を進めなさい」

「はい」

「添加剤の中で、タンパク質の一種Jが決定的な役割を果たしていることがわかりましたが、十八種類のJを組み合わせたんですね」

「そうです」

「でしたら、タンパク質の一種Jの具体的な組み合わせまでは記述せずに、単に貴金属とタンパク質の一種Jを添加剤に含めた水性インキとして、出願すればいいと思います」

「わかりました。先生の判断に任せますので、特許出願書類の作成を進めてください」

加美山がようやく納得してくれた。

「タンパク質の一種Jを含む添加以外の記載は、前回の出願と同じですね。新たな出願では、先の出願で漏れている部分を記載して、大至急特許出願書類を作成して、案文を後日メールで送ります」

絹は一礼して岡山インキを後にした。

帰り道で絹は、中村の話はそのまま信用していいのかどうか、疑問が生じた。本当に、中村よりも先に平尾が万能水性インキを完成していたのか。

中村が万能水性インキを完成していたが、平尾の手柄だ、と主張するのは、平尾の遺族に報奨金をあげたいと言う純粋な思いなのか。あるいは何か他の意図があるのか。

また小中が犯人ではないか、と思わせている可能性もある。

疑問は他にもある。中村が話す平尾の言葉は、中村しか聞いていないのではないか。岡山社長や岡山専務など、他の社員にも確認する必要がある。

# 第六章 ―― 絹と哲子

## 1

中村を事情聴取した翌日の午後四時、哲子と山中は岡山インキを訪れた。

応接室では岡山社長と岡山専務だけが応対し、他の社員はいない。どうも妙な雰囲気だった。

そのとき、突然応接室のドアが開き、一人の女性が入ってきた。岡山インキの制服を着ていない姿をみて哲子は訝しんだ。

「この方は社員ではないんですね」

哲子の言葉を受けて、山中が説明する。

「強行犯係の桐野警部補から同席させて欲しいと依頼があった人だ」

「はやぶさ特許事務所の羽生絹です。よろしくお願いします」と言いながら、絹が名刺を哲子と山中に手渡した。

「特許事務所にお勤めなら、特許の仕事だけしてりゃいいでしょ。なんで出しゃばるんですか？」

「テツ、興奮するなよ。この人は警視庁の顧問をしていた人で、難事件を解決してくれた人らしいんだ」

「それがどうしたってんですか、柳の木の下に二匹めのどじょうはいませんよ」

「名刺をよく見ろ、医師免許もお持ちなんだ」

そう聞いて、哲子は一瞬ひるんだが、自分だって心理学的知識では負けないぞ、と反発心が湧いた。哲子のむっとした顔を見かねたのか、山中が付け加えた。

「殺人事件だから、いずれ俺たちは捜査から外されるんだぞ」

それでも、哲子は反発した。

「まだ外されたわけじゃないでしょう」

すると、二人の言い合いを見かねたように、絹が語り出した。

「実は、岡山インキは私のクライアントでして、中村さんの発明を特許出願したのが私です。中村さんがあらぬ疑いをかけられてお困りと聞いたので、私も事件の真相を掴むために尽力できないかと思いまして」

そう言われると、強硬に絹を追い出すわけにはいかない。

哲子は絹を無視して、岡山社長に用件を切り出した。

「昨日、中村さんの事情聴取をしましたが、こちらでも考え直す必要があったので、署に戻りました。捜査会議で、中村さん以外の社員の話も訊く必要がある、ということになりました。ただし中村さんも同席いただけませんか」

「その件でしたら、中村を呼ぶ必要はありません」

「と申しますと？」

「待ってください。日向を呼びますので」

岡山社長が返答しながら、スマホのボタンを押した。

「日向君、応接室に来てくれるか」

やがて四十歳くらいの社員が入って来て、岡山社長にお辞儀した。

「社長、何か？」

「警察の方がお見えなので、平尾先生が姿を消した朝に、出荷棚に置いていたインキのことを話してくれんか」

そのとき岡山専務が話に割って入った。

「その前にちょっといいですか。実はインキがどうなったのか、刑事さんに訊かれたので、社内で確認したんです。すると事情を知っている者が見つかりました。それがここにいる日向順一《ひゅうがじゅんいち》でして、彼は製造の工程責任者です」

日向と呼ばれた社員に向かい合うと、いつか製造現場で見かけた顔だと気が付いた。確か中村にインキの製造を説明してもらったときだった。夜も熱心に仕事をしていた男性だ。

「それではインキをどうされたのか、説明をお願いします」

「あの日の昼間に平尾先生から（今夜、中村君に万能水性インキを造らせる予定だ。できたら中村がインキ缶に詰めて、出荷棚に置くはずだ。出荷先は出荷係と相談して君が決めてくれ。僕は朝ゆっくりしたいんでね）と言われました」

「どこに出荷したんですか」

「出荷先は……」

「ストップ」

突然岡山専務が日向の発言を止めた。

「それは言えません。現在特殊な用途に使えるかどうか、テストしてもらっている提携先でして、外部に漏れると大変なことになります」

「私共は決して秘密を漏らしませんが」

「どうしてもと言われるなら、捜査令状をとってください。それなら私達も提携先に言い訳ができますので」

哲子は山中を見た。山中は肩をすくめている。これ以上は無理、ということだ。

「わかりました。それでは中村さんにもう一度会わせていただけませんか」

「彼は疲れきっているので、仮眠室で眠らせています。今日は勘弁頂けませんか」

「少しだけでも、話したいのですが」

「中村に会う必要はないと思いますが」

岡山専務が強い口調で断った。

「何か不都合でも？」

「彼は万能水性インキを再現したばかりで、それを量産化するために全力を注いでもらわんといかんのです。我が社の浮沈が彼の肩に掛かっている、と言っても過言ではありません」

哲子は無言で唇を噛みしめた。

そのとき岡山社長が口を挟んだ。

「専務、奥野君を呼ばんといかんだろう」

「うっかりしていました。お待ちください」

そう言って、岡山専務がスマホを操作すると、まもなく三十歳半ばの社員が応接室に入ってきた。

岡山専務が彼に、いきさつを説明させる。

「社内の捜索で溶解反応槽に血痕がみつかりましたね。中村の話では、平尾先生が倒れたときに付いたということでした。実はこの奥野がその状況を目撃していました。奥野君、説明しなさい」

専務の指示を受けて、奥野が当時の状況を話し出した。

「あのとき、平尾先生は随分酔っ払っていて、ふらふらしながら歩いていました。中村君がそばでひやひやしているのをみて、私たち現場の社員は陰で笑っていたんです。

ところがついに平尾先生が倒れて、溶解反応槽の台のところに頭をぶつけたんです。ゴンという音がしたので、気になって行こうと思ったのですが、すぐに立ち上がりました。中村君が先生の額をハンカチで拭こうとしたんですが、先生が彼の手を払いのけてました。それで大丈夫と思い、私達は黙って作業を続けていました」

「機械に血が付いていたかどうか、確認しなかったのですか」

「酔った先生が躓《つまず》くのはよくあることなので」

「大事な機械に血が付いていないか、現場の人だったら気になるはずですが」

哲子はどうしても納得できなかった。日本の職人なら製造機械はいつもきれいに保つはずだ。

「刑事さん、うちにはそこまで職人気質の者はいません。うちの現場なんて、そこらじゅうインキで汚れているんです。血が付いた程度で気にするわけないでしょう」

岡山専務が笑いながら言った。

「そのとおりかもしれんぞ」

山中が哲子をたしなめるように言った。

現場の様子を思い浮かべると、哲子も納得せざるを得ない。

絹とは目も合わせず、社長たちに会釈をして、哲子は岡山インキを出た。


帰りの車中で山中と愚痴をこぼし合った。

「山さん、日向ってクソ真面目そうな証人とか、奥野って目撃者とか、厄介な連中が登場しましたね」

「奥野って目撃者は信用できないと思うが、見たと言われれば否定する根拠がない」

「おまけに弁理士の女まで登場するなんて」

ついでに嫌みを言ったが、山中は無視して言葉を続ける。

「もっとも大量ならともかく、小さな血痕なんて殺人の証拠として弱いしね」

「日向の証言はどうですか」

「真面目で上には忠実に従うタイプだな。捜査令状がとれる状況なら、帳簿も確認できるんだが」

「どうも社内の風向きが変わったような気がします。会社全体で中村を守ろうとしているようです」

「これからどうやって手掛かりを掴んでいくか。頭が痛いな」

「自分は、週刊バーストの記事を書いた記者に会ってみます。何か掴んでいるかもしれません」

「頑張ってくれ。期待してるぜ」

哲子も気合いを入れ直した。中村を守ろうとする絹の存在が気になるが、多少の障害は踏み越えてみせる。

## 2

　絹は、中村を向島警察署近くのカフェに呼びだした。社外で中村とさしで話したかったのだ。

「そもそも、なぜ殺人の疑いをかけられたのか、よかったら教えて頂けませんか？」

「警察で事情聴取が終わって会社に戻ったとき、社長と専務が父のことを話してくれました。君の親父さんは中村正次郎さんだったんだね、と言われて驚きました。なぜ父の名前を知っているのか、判らなかったんです。

　すると、父が東尾印刷の印刷工で、色合わせの名人と呼ばれていたことや、仕事のために胆管ガンで亡くなったこと、東尾印刷が公害訴訟でピンチに立たされ、平尾先生の友人の松山教授に鑑定を依頼したことを知らされました」

「どういう鑑定をしたんですか？」

「松山教授は学問よりも政治力に長けた人で、東尾印刷が困っているのを知って、白黒がわからないような鑑定をうまくまとめたそうです。公害事件で負けていれば、莫大な補償金のために東尾印刷は倒産していた、と言っていました」

「東尾印刷が倒産しても、岡山インキには他のお得意先があるでしょう」

「東尾社長は、うちの岡山社長の娘婿だと聞いています」

納得した絹は、次の質問に移る。

「東尾印刷と中村さんが造ったインキとの間に何か関係があるんですか？」

「私の作ったインキが東尾印刷に納入されて、松山都知事候補の怪文書に使われたと疑っているようなんです」

「東尾印刷の公害事件が、どのように絡んでいるんですか」

「父は印刷の仕事が原因で胆管ガンに罹ったと岡山社長が言っていました。父は優秀な職人だっただけに有機溶剤に触れる機会が多かったからです。ただ、公害事件では経験の浅い他の原告も混ざっていたので、松山教授の鑑定書がおかしいとも言えなかったそうです」

「中村さんは、胆管ガンの原因をどう思っていたんですか？」

「酒の飲み過ぎと印刷作業の両方が絡んでいたんだと思います。それに母が、うんと給料をもらっているのに、なんで全部飲んでしまうのよ、とこぼしていました。

東尾印刷からの給料を家に入れていれば、自分達の生活が困窮することはなかったんです。死の間際に父が、済まん、済まんと母に謝っていました」

「それでは、中村さんは松山氏に対する恨みはないんですね」

「そうなんですが、話はそう単純ではないんです。社長に、君は平尾先生から何も聞いていないのか？、と訊ねられたんです。

私が首を振ると社内で、私が東尾印刷の中村正次郎の息子ではないかと噂していたそうです」

「平尾氏は中村さんのお父さんを知っていたんですか」

「先生は、裁判の傍聴席にいたんですが、原告団が後ろで掲げていた中村正次郎の写真と新入社員の中村とはどこか似ている、と言っていたそうです」

「よくそんな昔のことを憶えていたものですね。苗字の共通性から想像しただけじゃないですか」

「でも人事課には、平尾先生から私の履歴書を見せて欲しいと話があり、普通は見せないが、技術顧問の要求なので断れなかったそうです。履歴書に、父が病死したと書いてあったので、先生は私が中村正次郎の息子と確信したようです」

「本当ですか？」

「先生がつくづくと私の顔を見たことがあったのを憶えています。それなら刑事が自分の話を信じないのも当然なんです」

「判りました。そこまでは事実と決めていいようですね」

「でも、社長や専務が私を守る、と言い出したので、当惑しています」

「無実の罪から守って貰えるなら有り難いじゃないですか」

「羽生さんは、私を無実だと信じているんですか？」

「申し訳ありませんが、私は中村さんが平尾氏を殺害した犯人だとも、犯人でないとも思っていません。ただ全ての事実を明らかにする必要があると思っているだけです」

　中村が気を悪くしないかと心配したが、彼は意外にも冷静を保っていた。

「専務に、これからは全力を挙げて君を守るから心配するな、と言われました。でもなぜ守ってくれるのか。何を心配することがあるのか、私には理解できません。それよりも、私が先生と一緒に造ったインキがどうなったのか調べて欲しい、と頼みました。

　すると、日向さんが出荷係に出荷先を連絡した、と聞いたので少し安心しました。日向さんが平尾先生から頼まれていた、とのことでした」

「その件については、私も応接室で話を伺いました。中村さんは疲労困憊して休憩室で休まれていたようですが」

　中村がうなずいて、話を進めた。

「おまけに、私が万能水性インキを再現したので、堂々と世間に発表でき、会社の危機は脱したようです。それはうれしいことでした。

　しかも、（万能水性インキって名前は平尾先生の呪いが掛かりそうなので、君の開発したインキはNAHインキと呼ぶことにした。中村拓のイニシャルだ。いいだろ）とまで言われました。

　実は、自分のイニシャルが付けられるなんてこそばゆかったんです。まったくゼロから思いついたものでもなく、平尾先生の万能水性インキを少し改良したに過ぎないからです。ただ不吉だと言われると反対するわけにはいかず、受け入れることにしたんです」

「社長さんたちは、中村さんを守っているんではなくて、会社の利益を守っているようですね」

「心配なのは、他の社員の態度なんです」

　絹には嫌な予感があった。

「不自然な様子があるんじゃないですか？」

「その通りです。みんな自分を腫れ物に触るように扱っているんです。私が警察から事情聴取を受けたんですから、どうしたんだ、と訊ねるのが普通じゃないですか。でも誰も私に訊ねてこないんです。

出荷係にもインキの出荷先を訊いたんですが、平尾先生から頼まれてある会社に出荷した、というだけで、出荷先は教えてくれないんです」

「応接室でも、警察には教えられないと言われました」

「言えない理由があるんですね。それはいいんですが、全員があまりにも協力的なのが気になります。それにじっくりと話をしたいんですが、それを避けているようです」

「確かに気味が悪いですね」

「ただ有り難い一面もあります。完成した万能水性インキの作業標準を作成する必要があるんですが、それには多くの方が協力してくれました」

「作業標準って何ですか？」

「料理でいうレシピのように造る順序や注意事項をまとめたもので、それがないと良質のインキを量産できません」

「協力的なのは、会社が潰《つぶ》れるのを恐れているからじゃないですか？」

「そうなんです。日が経つにつれ、日向さんも含め、皆が私を犯人と思い込んでいるように感じてきました。このままでは私が犯人にされてしまいそうです。

今は会社全体で自分を庇《かば》っていてくれますが、全員が中村が犯人だと思っている限り、いずれほころびが出るにきまっています。その時になっては取り返しがつかないんです」

絹は中村の誠実さを感じたが、信じていいのか。

「今までの経過を整理しましょうか。まず誰かが中村さんを陥《おとしい》れようとしていると仮定しましょう。中村さんを陥れて利益を得る者は誰なのか、心当たりがありませんか？」

「どういう利益ですか？」

「例えば会社の株で儲けるとか」

「岡山社長や岡山専務は、わざわざインキの組成を公開させるわけはないはずです。株の暴落で被害を受けたのは会社ですから」

犯行の動機として、利益以外に怨恨が考えられる。

「平尾氏だけでなく会社や、松山元教授に対する恨みがある人はいませんか？」

「平尾先生に反感を持つ人は多いですけど、殺人というリスクまで冒さないと思います」

怨恨の線を考えると、中村以外に怪しい人物はいないのか。

「では、中村さん以外に犯行が可能な人物はいませんか？」

「あまり考えたくないんですけど、日向さんが何らかの役割をした可能性があります」

中村の口から思いがけない名前が飛び出した。

「日向さんって応接室でお目に掛かった方ですね。見かけは非常に誠実そうですけど」

「日向さんはNAHインキの量産化に随分協力してくれました。また日向さんのアドバイスがなければ作業標準も作れなかったと思います。

お世話になっているのに疑って申し訳ないですが、日向さんなら社内で万能水性インキを造ることができたはずです」

「具体的な方法がありますか？」

「会社の外で平尾先生を待ち伏せて、殺害してからご遺体を社内に運び込めば、インキに練り込めます」

「ご遺体をどうやって運び込めるのですか？」

「会社の塀なんて、簡単に乗り越えられます」

「でも、日向さんは平尾さんに恨みを持っていたんでしょうか？」

絹は、中村に誘い水を掛けてみた。

「先生は、日向に近づくな、と私に言ったことがありました。平尾さんとの間に何かトラブルがあったはずです。なのに先生がインキの出荷を日向さんに頼んだなんて、信じられません」

絹は、中村が容疑を日向に向けようとする意図を感じた。だが、それはおくびにも出さない。

「日向さんは専務さんに頼まれて偽の証言をしたのかもしれませんね」

「日向さんだけではありません。会社全体で何かを隠しているのは間違いないです。あの夜自分が造ったインキが東尾印刷以外のお客さんに出荷されたかどうか、はっきりしません。出荷棚でインキを取り替えた人がいるはずです」

「日向さん以外に、心当たりの人がいるんですか？」

「スタンプを押せるのは、社内事情に詳しい者に限られます。しかも水性インキを造れる人となると、日向さん以外には思いつきません」

中村と話していると、絹にも日向への疑惑が湧いてきた。日向は中村を守るふりをして、自己を守っているのではないか。また、日向と平尾の間には、なんらかの確執があるようだ。

事実を確認するためには、日向と話す必要がある。

「それでしたら、私が日向さんとどこかで話してみます。携帯の電話番号を教えていただけませんか」

絹は電話番号を自分のスマホに登録してから、中村と別れた。

## 3

翌日仕事を終えると、絹は日向に電話を掛けた。

「中村拓の姉の和佳と申しますが、日向さんと折り入って話したいことがあるのですが」

中村の特許出願担当の弁理士だと明かすと、事務所に迷惑が及ぶので、身分を偽るしかない。

「話って何でしょうか？」

「詳しいことは会ってお話したいので、八岡公園のベンチの前でお待ちしています」

以前、日向には会社の応接室で会ったが、絹は何も言葉を発していないので、声は聞いていないはずだ。しかもずっとマスクをしていたので、絹の顔も憶えていないだろう。

髪型を変え、薄いサングラスを掛け、マスクのサイズを大きくして、ばれないように準備した。

しかも明るい喫茶店や駅ではなく、照明の少ない八岡公園を選んだ。八岡公園なら、岡山インキから最寄り駅までの途中にあるので、不自然ではない。

夜の公園に、日向がコートの襟を立ててやってきた。

絹は挨拶を交わすと、すぐに話しかけた。

「寒い所に呼びだして申し訳ありません」

「平気ですから、気にしないでください」

「単刀直入に弟から頼まれている件をお話しします。

まず、平尾先生が行方不明になった朝、弟が造ったインキの缶のラベルに、日向さんがアルファベット二文字のスタンプを押したと言う話は本当でしょうか？」

「なぜ疑うんですか？」

「弟は、平尾先生が日向さんに頼むなんて信じられない、と話しています」

「なぜ？」

「なぜかって言いますと、平尾先生は日向さんとは口を利くな、とおっしゃっていたそうです」

「本当ですか？　私は先生にわだかまりを持っていませんけど」

「では日向さんがスタンプを押した、と信じていいのですね」

絹はじっと日向の目を見て確認した。

「正直にいいますと、私はスタンプを押していません。中村君が押したんではないですか？」

やはり日向の証言は偽りだった。

「弟はスタンプを押していないと言っています」

「それは信じられません」

誰も中村を信じていないのか。

「社員の皆さんもが弟を信じていないんですか？」

「実を言うと、ほぼ全員が中村君を犯人に間違いないと思っています。私は専務から証言を強制されただけです」

ついに日向が社内事情を明らかにした。

「弟もそう感じているようです」

「でもこの話は、社長や専務には言わないで下さい」

「もちろんです。でもスタンプを押したのは誰でしょうか」

「私には判りません。先生が姿を消した夜、現場にいたのは中村君と先生だけでした。私たちは、テストが始まる前に会社を出ていましたから。それに保存サンプルも残っていません。保存サンプルを残せないってことは、やましいインキだってことになりませんか」

「弟の話では、保存サンプルを残せ、とは言われなかったそうです」

「でも保存サンプルを残すのは、常識ですよ」

そう聞くと、中村への疑念が深まる。

「なぜ警察に正直に言わなかったのですか？」

「だから社長が口止めしたんです。中村君に不利なことは絶対話すなって」

「弟を信じていないのはわかりました。スタンプを押したのは誰なのか、思い当たる人はいませんか？」

絹は弟を信ずる姉の立場で発言した。

「いえわかりません。出荷係の話では、あの日出勤すると出荷棚に、ラベルに東尾印刷向けＨＧのスタンプが押されたインキ六缶と、ラベルに製造ロット番号だけのスタンプが押されたインキ六缶が置いてあったそうです。出荷係は営業と相談して、出荷先が決まっていないインキ缶に、ある印刷会社向けのアルファベット二文字を押したそうです」

絹は、日向の話すインキ缶の数量と出荷先を素早くメモした。

「それで弟がアルファベット二文字のスタンプを押したと思っているんですね」

「インキを造ると、製造ロット番号だけのスタンプを押す決まりです。中村君は、出荷先ＨＧのスタンプまで押したんじゃないですか」

日向が言いにくそうに呟いた。

「先生が会社を出るときには、スタンプは押さずに、出荷棚に置いておけばいい、としか言われなかったそうです」

「先生の言葉を誰も聞いていません。本当に先生がそう言ったんですかね」

日向は中村を意識的に罪に陥れようとしているのか。

「神社などに捨てられていたインキを含めると、平尾氏のご遺体を練り込んだインキは、十缶以上あるはずです。誰が造ったのか、心当たりはありませんか？」

「彼が嘘をついているんじゃないですか」

「それで弟が先生のご遺体を練り込んだインキを造り、ラベルに東尾インキ向けスタンプを押して、出荷棚に置いた、という警察の筋書きになるんですね」

「社内では、東尾印刷に出荷したインキの残りを社外に持ち出して、神社に落書きした、と噂しています。落書きインキの量なら、キャスターバッグで持ち出せますから」

社員たちの想像する筋書きが正しいのか、中村の主張が正しいのか。

「遅くまで引き留めて、済みませんでした」

絹は、一礼して日向と別れた。

絹は次の休日に、いつものカフェで、中村と美佳に会った。

「日向さんに会ってきました。概ね中村さんが想像していたとおりで、社員の方全員が中村さんを怪しいと思っているそうです。日向さんは、社長さんと専務さんの指示で証言したそうです。もっとも平尾氏がなぜ日向さんを嫌っていたのか、思い当たる節がないと言っていました」

「やはりそうですか。自分が踏みこたえるしかない、ってことが身に染みました」

どう踏みこたえるというのか。訊いてみたかったが、美佳の前では差し障りのない質問しかできない。

「その後、何か気付いたことがありませんか？」

「別にありませんけど」

中村はこれ以上話すことがないようだ。妹の前では言いにくいことがあるのだろう。

「また、何かあったら連絡します」

そういって、中村たちと別れた。

# 第七章 ―― 逮捕

## 1

　哲子は岡山インキの社長や専務、社員などの証言を、全く信用していなかった。逆に、会社側が中村を庇うことで、中村が真犯人だと確信していた。山中も同じ意見だ。

　二人は岡山インキの強制捜査を渇望していたが、それには高いハードルがあった。

「製造現場を捜査したし、顧問室にあった平尾氏の遺品を全てもらっているから、これ以上証拠を探す必要はない、と判断されるだろう。そうなると踏み込む口実がないんだよな」

「会社の社員を捕まえて社内情報をもらいますか」

「そうだな」

　だが岡山インキの社員の口は堅い。「警察ですが」と近づいても、判で押したように「急いでいますので」と言って、逃げるように去って行く。

　そうこうするうち、二月十二日の都知事選投票日を迎えた。出口調査で野山候補の当選があっという間に決まった。最終の得票率は松山候補の三倍近くあった。まさに圧勝だ。

　投票日の翌日、選挙妨害のおそれがなくなったと判断して、捜査本部が記者会見を開いた。喜田本部長は、松山都知事候補の怪文書の印刷インキを分析した結果、人体の成分と平尾氏のＤＮＡが検出されたこと、今日まで選挙への影響を考慮して外部発表を控えていたことを公表した。

松山候補の過去はすでにテレビや新聞、週刊誌で報道されていたが、平尾の遺体を練り込んだインキで松山陣営の怪文書が刷られていたとあって、再びマスコミが騒ぎ出した。

記者会見の後、哲子と山中は松山候補に事情を訊くべく、松山の自宅を訪問した。松山の自宅は、港区西麻布××の高級マンションにあった。

松山は玄関にジャージ姿で現れ、哲子と山中をそっけなく室内に案内した。ＬＤＫに足を踏み入れた哲子と山中は互いに顔を見合わせた。小さなテーブルと四脚の椅子があるだけで、ソファや飾り棚など、当然あるべき家具類が置いていない。

「今日は奥様はお留守ですか？」

「出て行ったんですよ。何もかも持って」

ふてくされたように言った。

「それにしても都知事選挙はお気の毒でした」

山中がうわべだけの同情心を示した。

「あの記事を出した週刊誌は名誉毀損で訴えてやりますよ」

「当然でしょうね。警察は民事には介入しませんので、それは別に進めていただくとして、あなたと平尾氏に強い恨みを持っている人物に心当たりがないでしょうか」

山中が探りを入れた。

「僕は客観的データに基づき、鑑定しただけです。世の中には自分の利益に反したと言うだけで、逆恨みをする人物がいるものですね。それでは学問の自由は守ることができません」

松山が精一杯自分の正当性を訴えた。

「あなたと平尾氏に恨みを持っていた人物に心当たりは？」

こちらの要望を無視して怒りだけを発する松山に、山中が再度同じ質問をした。

「知りませんよ。僕は都民の期待に応えようと立候補したんです。平尾君を殺害し、その血で汚れたインキを使って、僕を引きずり下ろすなんて、余りにもひどい。早く犯人を捕まえてください」

相手方を攻撃する怪文書をばらまいた自分も悪いのだが、それに対する反省はなく、興奮するだけで具体的な人物の名前は挙がらない。

「そのために事情を伺っているのです。何か脅されたとか、選挙に出るな、とかの嫌がらせや警告を受けたことはありませんか？」

「警告？　別になかったですよ」

「週刊誌の記事が出る前に、公害裁判のことを口にした人物はいませんでしたか？」

「いいえ」

何度訊いてもラチが明かないので、山中が質問を変えた。

「怪文書のインキは平尾氏がただで提供してくれた、と伺いましたが？」

「僕が頼んだんですよ。選挙資金が足りないんで協力してください、って泣きついたんです」

「それで快く引き受けてくれたんですか」

「最初は首を振ってました。けど、最後は昔のよしみで引き受けてくれたんです。大学時代の同期生ですから」

「平尾さんがせっかく好意で怪文書を印刷してくれたのに、こんなことになるとは残念ですね」

「平尾君が可哀想です」

松山はとって付けたように平尾を悼む様子を見せ、わざとらしくハンカチで涙を拭った。

哲子たちは、ここまでと判断し、松山宅を後にした。

「松山氏はこのあと裁判で大変なことになりそうですね」

「後妻は銀座の有名クラブの美人ママだろ。都知事夫人になれると期待して結婚したのに、とんだヒール役だった。怒り心頭に発する、ってとこだろ」

「奥さんが選挙資金も出していたんでしょうね」

「当然そうだろ。いずれ返せ返さないで揉めるだろ」

哲子たちは、好き放題に話しながら、署に戻った。

2

その後哲子は、週刊バーストに電話を入れて、記事を書いた記者樽井明人《たるいあきひと》に会った。

警視庁内では他の刑事がいるので話しにくいので、場所は週刊バースト近くのカフェにした。

「あなたの記事のせいで、松山氏は落選しましたね」

「スカッとしましたよ」

「いきさつを教えてください」

「一ヶ月前、近所の街角に都知事選挙の掲示板が立っていたんです。その中に見憶えのある顔がありましてね、記憶を辿るとにっくき松山政夫だと気がついたんですよ」

「松山政夫氏は、元港北大学教授ですね。なぜ恨みがあったんですか？」

新聞記者と大学教授とのつながりを知りたくて訊いてみた。

「少し話が長くなりますけど、いいですか？」

「もちろんです」

樽井がいきさつを語り出した。

「私がフリーライターだった十二年前、『週刊バースト』に裁判の記事を持ち込みました。この記事で雑誌記者という定職にありつける、と張り切りました。フリーライターなんて、安定した収入がありませんから。

その記事が印刷会社で多発していた胆管ガン事件でした。当時、印刷インキがこびり付いたロールなどを洗浄するために、ジクロロエタンなどの有機溶剤を長年使用したのが原因と囁かれていました。東尾印刷でも胆管ガンで四人の死者を出し、公害訴訟になっていました。

その裁判で鑑定人として登場したのが、当時港北大学教授だった松山です。松山は、あくまで統計学的な調査と称して、印刷工場の現場従業者と、そうでない一般の人における胆管ガンの発生頻度を比較しました。

そして、両者の発生頻度に有意差はない、つまり胆管ガンは必ずしも印刷作業が原因とは決められないという鑑定をしたのです。裁判では、この資料が客観的資料として重視され、無罪の判決が下されました」

「公害訴訟のあるあるですね」

日本の裁判では、疑わしい場合は無罪とするのか慣例となっている。水銀やカドミウムの公害訴訟でも、長い間決着がつかなかった。

「松山教授を追及した私の記事は採用され、私は真実出版社の正社員にして貰えるだろうと期待していました。

ところが、裁判官は松山の鑑定書の客観性を評価して、無罪判決が確定しました。松山から名誉毀損で訴えると警告された真実出版社は謝罪記事の掲載を余儀なくされ、私は正規の記者に採用されるどころか、その後書いた記事は全てボツになりました」

この樽井って男は、人の不幸を種にして定職にありつこうとしたのなら、松山と同じ悪者だろう、と思った。だが、話を聞き終わるまでは、口に出せない。

「それは気の毒でしたね」

「最近になって、平尾の体がインキに練り込まれたというニュースを聞いたとき、十二年前の事件を思い出しました。

妻を亡くした後、銀座のママと再婚して、都知事というさらなる高みへと登ろうとしていました。松山は支持率で対立候補を大きく引き離して、当選確実と言われていました」

「そろそろインキとの関わりを話してもらえませんか」

樽井の話に相づちを打ってきたが、さすがに訊き疲れてきた。

「その後、浅草通りを歩いていると、通りに面した松山政夫後援会の支部に入っていく何人かの刑事らしい人物を目撃しました。目の鋭さでわかったのです、彼らは、怪文書の包みと多量のポスターを持って出てきました。

　そのとき、平尾の遺体を練り込んだインキが松山の選挙用印刷物に使われたのではないか、と記者の勘が働きました。ニュースでは、落書きに使われたインキで印刷した物がいずればらまかれる、と伝えていました、警察が印刷物を持って行ったのは、あのインキが松山の怪文書の印刷に使われたに違いない。私にはピンときたんです」

「すごい勘ですね」

　刑事の哲子だが、この男の勘には真に感心した。

「そこで、方々で貰った怪文書をバッグに詰め込んで、『週刊バースト』を発行している日本真実出版社に持ち込んだのです。

　むかし懇意だった編集者に事情を話し、警察が発表する前に記事にすれば大スクープになりますよ、って焚きつけたんです。さらに確実な証拠を掴むために、民間の科学鑑定所でDNA鑑定をすると、予想通り、怪文書のインキから人体のDNAが検出されました。

　もっとも我々では、平尾氏のDNAを入手できないので、同一性は判断できませんが、人の体が練り込まれているというだけで、スクープ記事の根拠としては十分だったのです。

　そして、私の記事は、二月八日発売の『週刊バースト』のトップを飾ったんです」

　樽井が一気に語った。

「あの記事には参りました」

　哲子は本音を漏らした。

「捜査妨害したのであれば、申し訳ありません」

気遣ったふりしつつ、出し抜いたのを自慢しているようだ。

「いえいえ、むしろあの記事のお陰で捜査が進展した意味もあります」

負け惜しみはおくびにも出さない。

「お役に立てたのなら嬉しいです」

「それで、これは私一人の判断なのですが、今後も捜査に協力頂けないかと思いまして」

樽井は相当ずるい男だが、法律に反する行為をしたわけではない。刑事が情報源としてために利用しても、問題は生じないだろう。

「もちろん協力しますが、捜査情報も差し支えない範囲で教えてくださいよ」

情報を得るには、こちらも餌を与える必要がある。

「実はあの事件で岡山インキのある社員から事情を訊いた結果、極めて濃い疑惑を持っています」

「その人の名前はもちろん聞けないのでしょうね」

「一応A氏としておきます。あなたの記事から、関係者に公害事件の被害者の家族がいないか調べる必要が出てきました。それまで、公害の被害者の息子が岡山インキの社員になるとは思いもしなかったので、不覚にも確認していませんでした。ご存じの通り、A氏の父が東尾印刷の元従業員で、公害の犠牲となったものですから、怨恨の線が濃くなってきました。そこで我々も任意の事情聴取に踏み切ったのです」

「容疑は固まったのですか」

樽井が哲子の顔を覗き込んだ。

「いや確実な証拠がなくて」

容疑が固まっているなら、わざわざ週刊誌記者に会う必要はない。

「捜査が難航しているんですね」

「おたくで何か掴んでませんか」

「うーん、決め手になるものはまだですね」

「本当に？　後でスクープ記事が出るなんてことはないでしょうね」

すると樽井が、提案をしてきた。

「社員から社内情報を訊けないのですか」

それができれば苦労はない。

「それが全員口が固くて、何も話してくれないんです。どうも会社ぐるみでA氏を守ろうとしているようでして」

「殺人犯をですか？」

「A氏は平尾氏の死後、万能水性インキをさらに改良したんです。

岡山インキは、脅迫でホームページにインキの内容を公開させられて、会社は一時倒産の危機に瀕しましたが、A氏の新発明でV字回復したんです。

A氏はいわば会社の救世主なんですよ」

「だからといって会社ぐるみで殺人犯を守るなんて、如何なものなんですかね」

樽井があきれたように言った。

「もう一度社内捜査して何か証拠を掴めば、逮捕まで詰めていく自信はあるんですが、社内捜査するだけの根拠がないんですよ」

哲子も、正直に現状を伝えた。

「そういうことならこちらも協力します。その代わり、捜査に進展があったときは教えてくださいよ」

刑事は独自の情報源を持ち、協力者を大事にする。持ちつ持たれつの関係になることも悪くない。今日のところ、Aが公害の被害者の遺族だったことを樽井に教えた。いずれその見返りに樽井から情報を得るだろう。

3

その後、哲子に樽井から連絡があった。

「でっかい裏がとれましたよ。前の場所で是非お話したいんですが」

「わかりました」

週刊バースト近くのカフェで落ち合うと、樽井がさっそく報告した。

「岡山インキから出てくる社員を尾行して、会社から離れたところで話しかけたんです。他の社員がいない場所なら、社内情報を漏らすかも知れないと思い、ずっと断られ続けたが何回も繰り返しました。ついに一人の男性社員が応じて、名は明かさないという約束で話してくれたんです。彼が言うには、中村と日向の共犯だろう、と社内で噂しているそうです。その根拠は、インキ缶の数が合わないそうです」

「どういう風に？」

「中村が造ったと言っているインキの一部が消えているそうです」

インキの数が合わない？　いよいよ肝心の話が出てきた。

「日向が出荷するよう手配したと証言していますよ」

「それは、専務がそう言えと指示したからだそうです」

「そんなことだろうと思っていました」

「社員のみんなは、日向と中村の二人で平尾氏を殺害し、中村が遺体を練り込んだインキを造った、と陰で噂しています」

ようやく内部情報が掴めた。

「社長や専務の手前、表だっては言えないわけですね」

「ええ」

それが本当ならもう一度捜査して帳簿を出させればはっきりするだろう。帳簿を改ざんしても隠し通せるものではない。どこかにほころびが出るはずだ。

「中村と日向の共犯だと思う根拠はあるんですか」

「二人でなければ難しいからです。でも社長から、いっさい警察に話すな、って通達が回っているそうです」

「他に何かありませんか？」

「信用できるかどうかわかりませんが、そもそも万能水性インキを最初に完成したのは中村だった、と証言する人がいました」

哲子は聞き違いかと思った。それが事実なら、中村が落書きインキを見つける前に、万能水性インキを完成していたことになる。

「平尾氏のご遺体を練り込んだインキから完成させた、って話を聞いています」

「いや違います。中村が平尾氏の下に配属された直後に完成したそうです」

それは初めての情報だった。中村はなぜ言わなかったのか。

樽井がバッグからインキの性能表を取り出して、哲子に渡した。

「その人物の話では、昨年記者会見を開いて、平尾氏が万能水性インキを開発したと発表したと発表したのですが、性能が十分ではなく、社長や専務が早く完成しろと圧力を掛けていたそうです。ところが、中村が平尾氏の下に配属されてまもなく、インキの性能が飛躍的に向上したそうです。社員たちはその時点で万能水性インキが完成したと言っています。でも平尾氏に遠慮したのか、圧力がかかったのか、中村は自分が完成したとはひと言も漏らさなかったそうですが」

「平尾氏が自分の手柄にする積もりだったんですね」

哲子は、アジアインキの小中が「平尾先生は部下の手柄を横取りする」と言っていたのを思い出した。神社で拾ったCDケースに付いていたインキから万能水性インキを再現した、という中村の話はやはり嘘だった。

「平尾氏は公害事件で松山の片棒を担いだ上、中村の手柄まで奪った、となれば十分動機ありですよ」

「でもあくまでその人物の意見ですね。裏付けがないと中村を追及しても意味がないです」

「まだまだありますよ。消えたインキ缶のことで誰か証言しませんでしたか」

哲子は日向を指していると直感した。

「中村が造ったインキを日向がある顧客に納めたというんですが、我々が顧客の名前を聞こうとすると専務がストップを掛けました。企業秘密だと言っていましたが、どうも怪しいんです」

「その人物の話では、日向は専務に証言を強要されたそうです。中村の造ったインキが一部消えたのが真実で、社内でも謎に包まれているそうです」

「社長や専務は、殺人犯を放置する気なんですか」

「会社の信頼が揺らがないように、社員が殺人を犯した事実は何とか隠したいようです。それにA氏は会社倒産の危機を救った人物なので、社内では英雄扱いされているそうです」

　社員の告発は、おおむね哲子たちの想像通りではあった。だが動機に関する新たな情報を得て、久々に哲子の胸が高まった。

「他に何かありませんか？」

　哲子はさらなる情報を期待した。

「私の得た情報はこれくらいですかね」

「樽井がバッグのファスナーを閉めた。

「ありがとうございました」

「その代わり、捜査に何か進展があるときは、真っ先に私に連絡くださいよ」

　樽井に言われるまでもなく、そうするつもりだ。樽井は、哲子の貴重な情報源になりそうだった。

「そういわれると話した甲斐《かい》があります。今後も協力しますので、くれぐれも捜査状況も教えてくださいね」

樽井との話し合いで、中村の容疑が益々高まった。

## 4

次の日、朝の捜査会議で、哲子は樽井から聞いた話を喜田に伝えた。

「出所は明かさないと言う条件で社員の内部告発を耳にしました。日向という人物が、中村の造ったインキは東尾印刷以外の顧客に納めた、と証言していましたが、一部は東尾印刷に出荷され、残りは社外に持ち出したのではないかと思われます。日向の証言は上から強要されたものだそうです」

「その告発は信用できるのか」

「できると思います。中村には平尾氏を殺害するもう一つの動機があることまで明かしてくれたのですよ。これを見てください」

哲子は、樽井に貰ったインキの性能表を喜田に渡した。

「中村が平尾氏の指導を受ける前には、ポリプロピレンとの接着強度が低く、万能水性インキは完成していなかったそうです。ところが中村が平尾氏の指導を受けた直後に、接着強度が飛躍的に向上しています。社員の間では中村の発明で向上した、と言われているそうです」

「要するに、中村の手柄を平尾氏が横取りした、という新たな動機が明らかになったんだな」

「公害事件と併せて、積もる恨みで中村が平尾氏に我慢できなくなった可能性があります」

「疑いが濃厚なのは認める。だが……」

喜田が口ごもったが、哲子は今こそ、とばかり力説した。

「告発内容を鵜呑みしてるわけじゃないですけど、再捜査が必要じゃないですか」

「だが正式な証言じゃないので、証拠にはならん。捜査令状の申請は無理だ。しかも一度任意捜査に応じているんだぞ。再度となるとよほどの理由が必要だ」

確かに喜田の言う通りだ。現場で出荷記録を調べて、インキがすべて東尾印刷以外の顧客に出荷されていたとなると、失態を重ねるだけだ。

捜査会議が終わった後、哲子は悔しい気持ちを山中にぶつけた。

「山さん、何か言い知恵ありませんかねえ」

「テツ、気持ちはわかるが、殺人事件なんだから取り調べは、強行犯捜査係の担当だ。俺たちは聞き込みに回ろう」

山中が大人の対応をしてきた。

「やだなあ。また聞き込みですか」

そのとき、机上の電話が鳴った。めんどくせえ、と思いつつ受話器を取った哲子の耳に、信じられない言葉が飛び込んできた。

「受付ですが、中村と名乗る人物が岩城刑事に会いたいと言っています」

中村？　あの中村以外に思い当たる者はいない。

「中村が出頭してきたんですって」

哲子は山中に告げるや否や、刑事部屋を飛び出した。

玄関ロビーに到着した哲子の前に、中村がぽつんと立っていた。

## 5

哲子と山中は脇役に徹するつもりだったが、中村の出頭によって風向きが変わった。くせ者の中村を取り調べるには、彼と接触してきた哲子や山中に取り調べさせたほうがよい、と喜田が判断したのだ。

取調室で哲子は中村と向き合った。山中は壁際の机でパソコンを打つ。

「やっと出頭する気になったんですね」

哲子は中村の労をねぎらったが、中村から返って来たのは意外な言葉だった。

「調べていただきたいことがあるんです」

哲子は耳を疑った。調べろだと？　自白するつもりではないのか。なら中村がなぜ出頭してきたのか、それを探るのが先決だ。

「山さん、いいですか？」

哲子は山中と取調室を出て、廊下でひそひそと相談した。

「彼はなぜ来たと思います」

「俺には見当がつかん。一筋縄でいかん奴だから、何か目論んでいるのは間違いないが」

「告発者から社内情報が漏れたのを察知して、言い訳にきたのかもしれませんね。どうですか？」

「その線だな。相手のペースにハマるんじゃねえぞ」

哲子は気を引き締めた。

取調室に戻ると、哲子は自分の一方的なペースで進めた。

「こっちは確認したいことが山ほどあります」

「あのう……」

中村が何か言いかけたが、哲子は構わず追及した。

「いいですか。平尾氏が失踪した夜、あなたが造ったインキの出荷先を、本当に日向さんが手配してくれたんですか？」

もちろんです、と言う答えが返ってくるだろうと思った。

だが中村の口から出たのは、別の言葉だった。

「いいえ、日向さんは私に気を遣ってくれただけで、本当はよくわからないんです」

「出荷先がわからない？」

哲子と同時に山中も大声を出した。

哲子は中村を凝視しながら、頭をフル回転させた。

中村の話は、樽井から聞いた告発者の言葉通りだ。やはり、社内情報の漏洩を察知したに違いない。

「どういうことですか？」

想像はついたが、ひとまず問いかけた。

「だからわからないんです」

「すると、あなたの造ったインキに誰かが平尾氏のご遺体を練り込んで社外に持ち出したかもしれませんね」

誘い水を掛けてみた。誰かが持ち出したようだと中村が言えば、どのように?と訊いて見る。それに対する中村の答えから、彼の手口が導かれるだろう。

「それはあり得ません。私はインキを六缶に詰めて出荷棚に置きました。でも落書きインキと怪文書に使われたインキを併せると六十キログラム近くあります。インキが増えるなんてあり得ません」

中村は冷静に対応してきた。

数の矛盾を指摘されると、哲子は突っ込みようがない。言葉に詰まっていると、山中が助け船を出した。

「岩城、余計なこと考えるな。インキがどこに出荷されたのか、社内を再捜索するだけの話だ」

そうだ。それで何もかもハッキリするはず。哲子は時計を見た。夜の九時を回っていた。

「今日は遅いですね。この人どうします?」

「今日は帰ってもらおう。明日の朝一番に社内捜索にかかる。明日は土曜日で機械は動いていないはずだ。捜査令状は今から請求する」

「では、私は朝一番に岡山社長に連絡します」

哲子と山中は再捜索の段取りを組んだ。

「あのう私は……」

中村がしつこく言ってきた。

「社内捜索をやり直してから、話を聞きましょう」

ぴしゃりと言った。

哲子たちは証拠隠滅される前に岡山インキの社内を調べたかった。今まで中村と何度話しても収穫がなかった。

「今日は遅いので、お帰りください」

このひと言で中村を帰らせた。


土曜日の朝、哲子、山中は、捜査令状を携えて大勢の刑事や鑑識官と共に岡山インキに踏み込んだ。

今回は材料の仕入れ台帳、インキの出荷台帳、実験記録の調査が目的だ。

「一月十七日に、万能水性インキ六缶を花房印刷に納入、とありますね。これが中村君の造ったインキの出荷先です」

岡山専務が、パソコン画面上の帳簿を哲子に見せながら説明する。

先日の説明と食い違いが出ないように、帳簿を改ざんしたのだろう。

「中村は、自分の造ったインキはどこに出荷されたかわからない、と言っています。日向さんは自分を庇ってくれたとね。今更、嘘の証言を押し通す気ですか？」

これで黙ると思ったが、この専務という男は頑強に抵抗した。

「中村の勘違いです。花房印刷に万能水性インキを納入したことは間違いありません。先方に確認してください」

岡山専務が中村を睨みながら、必死で言い訳をしてきた。

前回は、明かさなかった納入先をなぜ口にしたのか。

花房印刷に電話で確認すると、確かに中村が造ったことを示す墨の万能水性インキを六缶納入していた。インキ缶は残っていなかったが、インキ缶から剥がれたラベルは残っていた。切手剥がし液を塗ったために剥がれ落ちたのだろう。

哲子と山中は鑑識と共に花房印刷に出向いて、ラベルを回収して向島警察署に持ち帰った。

鑑識が調べた結果、ラベルには切手剥がし液が塗ってあったが、中村の指紋は検出されなかった。

「指紋がつきやすいインキ缶が残っていないなんて、花房印刷に口裏を合わせて貰っているのでしょう。でも中村が犯人だという証拠は他にも挙がっているんですよ。これ以上捜査の邪魔をするようだと、捜査妨害罪であなたを逮捕しますよ。それでもいいんですか」

哲子の一撃を受けると、岡山専務は当惑気味だった。

「どうして私たちを信じないんですか」

「とにかく中村を逮捕します。日向さんも署で話を伺います」

中村と日向にそう告げると、中村も日向も素直に応じた。自分から出頭してきたのだから、当然と言えば当然だ。

6

喜田の判断で、中村の取り調べは第二強行犯捜査係の桐野警部補が担当し、日向の事情聴取を第二強行犯捜査係の北本警部補が担当した。

中村を逮捕した時点で、哲子と山中はお役御免となった。散々苦労させておいて、と思うが、殺人事件になった時に捜査から外されるはずだったのだ。哲子たちに文句はいえない。

哲子は山中と共に、中村の取り調べを隣室でハーフミラー越しに視聴するよう命ぜられた。今までの供述との食い違いをチェックさせるためだ。

哲子にとって蚊帳の外という事態だけは避けられた。

そこに、ドアを開けて絹が入ってきた。

「なんで部外者が取り調べを視聴できるんですか？」

すると、絹が控えめな態度で、『警視庁刑事部鑑識課顧問　羽生絹』と書かれた名刺を哲子に見せ、「桐野警部補の推薦で、顧問に返り咲きました」と、説明した。

取り調べる権限のない哲子は、ぐうの音も出ない。

「テツ、いがみ合わないで協力し合おうぜ。羽生さんよろしく」

哲子は、山中の垂れ下がった目尻が気に食わなかった。哲子を見るときと全く違う。口には出せないが、「なんだよ。美人だからって、デレデレしやがって」と心の中で呟いた。

絹は哲子の挑戦的な言動が気になった。でも、絹の使命はあくまで事実の究明だ。中村が無実の罪を被せられているなら、苦境から救わねばならないし、犯人なら潔く罪を認めて欲しい。哲子の敵意ある言葉は、さらりとかわすことにした。

取調室の中村は桐野に対しても、絹と話したときと変わらぬ落ち着いた表情を見せていた。

「会社全体で私を守ろうとしている気がします。それが私には心外なんです」

中村が放った第一声だった。

桐野は、中村の言葉を受け流して、核心を突いていく。

「なぜインキの出荷先がわからないとか、日向氏の証言は上司の強制によるものだ、などと自分から申し出たのですか？」

言葉は柔らかいが、桐野の中村に対する視線は厳しい。

「私はスタンプを押していません。先生が用意したインキ缶にインキを詰めただけです。すべての真実を明らかにすれば、私が犯人でないことは自然にわかります」

中村は極めて自然な態度で詰問に応えていた。

哲子には、中村の言葉がまるで桐野をマインドコントロールするように聞こえた。

桐野は、今のところ余裕を感じさせる表情だが、そのうち厄介な相手だとわかってくるだろう。

哲子は自分に都合のいい予想をしていた。

「では真実を話して頂きましょう。あなたが平尾氏の指導を受けることになったのは、今年の初めからですね」

「はい」

　ここで桐野は、いきなり哲子が手渡したインキの性能表を中村に突きつけた。

「昨年十月二十日付けのデータはあなたが指導を受ける前のデータで、今年一月十一日付のデータが指導を受けてからのデータですね」

　桐野の急襲に、冷静さを失わなかった中村の表情が変わった。

「これが落としの桐野の腕か」と哲子は思わず声を漏らした。


　絹は、哲子の言葉に反応した。

「落としの桐野って言われてるんですか？」

「そうです」と山中が答える。

　哲子は絹を見ようともしない。

　桐野なら綿貫と組んでいるはずだが、取調室には別の刑事の姿しかない。集団自殺事件では、絹の推理力ばかりに頼って、綿貫を困らせた桐野だが、今は綿貫がいるとかえって邪魔だと思っているのか。

「ですけど、どこで手に入れたのですか？　社外秘のはずですが」

　中村はすぐに平静な表情になっていた。

「捜査上の秘密です。このデータは真正と認めるんですね」

「それは認めます」

「指導前の接着力がミリ当たり０・０３ニュートンなのに、指導後には０・０５ニュートンに向上しています。

つまり平尾氏の指導前には万能水性インキは未完成だったが、あなたの指導後に完成した。そうですね」

「認めます、と言いましたが、このデータには一部誤りがあります。私が指導を受ける前に接着力が０・０３ニュートンだったのは事実です。でも真犯人が先生のご遺体を練り込んだインキの接着力が０・０５ニュートンだったんです。しかも私が落書きインキの接着力を測定したデータですよ」

桐野の核心をついた追及にも中村は動じない。絹は固唾を飲んだ。

「それはこのデータと矛盾しますね」

「順序立てて、きちんと説明します。昨年の十月一日のデータは社長の強制によって平尾先生が発表した偽のデータです。そのときのインキには、貴金属が含まれていませんでした。

その後、十月二十日に小中さんが貴金属を添加したＨＫＥインキを発明しました。その時点で接着力が０・０３ニュートンに向上したんです。

さらに、今年の一月二十二日に、私が落書きインキの接着力を私が測定すると、０・０５ニュートンだったんです。

このようにねつ造したデータを誰が渡したんですか」

「ねつ造したなんて、失礼なことを言わないで下さい」

「正式な社内のデータでは、インキの接着力を測定した日が記載されています。誰かが日付を書き換えたのでしょう」

「中村はなんとか誤魔化すつもりよ。今まで我々を翻弄してきたように」

哲子は、山中に耳打ちした。

絹は、どちらがねつ造したのか、決めかねていた。岡山インキの内部で、元々日付を一月十一日以前としていたのを、中村擁護のために二月二十日に書き換えたのかもしれない。

「羽生さん、中村の供述は正しいと思いますか？」

山中が尋ねたので、絹は慎重に答えた。

「さあ、どちらとも言えませんね」

「なによ。えらそうに。医学の専門家だかなんか知らないけど、インキにはド素人のくせに。余計な口出しするんじゃねえよ」

哲子の荒々しい言葉が返ってきた。

「テツ、羽生さんの意見も大事なんだ」

哲子が、ぷいと横を向いた。


哲子は、絹との争いを中断して、桐野の取り調べに集中した。

「いくら言い訳しても、万能水性インキを完成したのはあなたに違いないんですよ」

桐野が中村の言葉を無視して、決めつけに掛かった。

哲子も同じ態度を取ったことはあるが、中村には効き目がなかった。今回はどうか。

「違います。完成したのは真犯人です。先生のご遺体を練り込んだために、偶然発明したんです。

私の説明をなぜ受け入れてくれないんですか」

やはり中村は動揺をみせない。桐野はどう引き出すのか、哲子は固唾を飲んで見守った。

「偶然発明したなんて信じられません」

桐野が皮肉っぽく言った。

「私は先生のご指導通りインキを造って、ご指導通り出荷棚に置いただけです」

哲子は、この中村の自然な釈明に悩まされた。最初は根気よく付き合っていても、そのうち感情的になってしまう。

果たして桐野の対応は？

7

「平尾氏に配属されたときからの状況を説明して貰えませんか」

意外にも桐野は、時間を遡ると言う。桐野の狙いは、状況を詳しく話させて、その矛盾を突こうというのだろう。

「一月五日に顧問室に入ったときは、アルコールの匂いが充満していて、先生は顔を真っ赤にしていました。私に気を遣われたのか、現場で教育すると言われ、現場の機械を見ながら、丁寧に説明して戴きました。

そのとき、転ばれて頭に血が滲んでいたので私がハンカチで拭きました。医務室に行きませんかた。


と言ったのですが、大丈夫だと言い張られたのです」

　長い話を桐野は、ときどき相づちを打ちながら、根気よく聴いていたが、さりげなく嫌みを言っ

「現場に残っていた血痕の言い訳ですね。山中から聞いています」

　中村はそれには答えず、話を続ける。

「先生に、万能水性インキの利点を教えてくださいとお願いすると、（今までの水性インキは、油性インキに比べて光沢紙やプラスチックに印刷しても剥がれやすい。特にポリプロピレンに印刷しても簡単に剥がれる。万能水性インキはそういう欠点がないんだ）と言われました。

　私は前もって勉強してきましたから、その説明は不要でしたが、失礼がないように神妙に聞きました」

　哲子たちが何回も聴かされた説明だが、桐野には初耳だろう。

「中村さん、ポリプロピレンってどういうものですか？」

　桐野が話を中断させた。哲子のように面倒だと聞き流すのではなく、技術を理解しようと努力する姿勢を見せた。

　桐野のやり方を、容疑者との心を通じるためと哲子は捉えた。

「ポリプロピレンは、ＰＰとも呼ばれるプラスチックで、ＣＤのディスクやケースに使われます。他にも、食品容器などのパッケージや、バケツ、椅子などの成形品に使われる最も用途の広いプラスチックなんです。

　でも印刷が難しい材料なので、ポリプロピレンに印刷しても剥がれない水性インキができれば画

期的なんです」

「よくわかりました。説明を続けてください」

「先生はさらに、万能水性インキでポリプロピレンフィルムに印刷したときのデータがこれだ、と言って十月二十日付けの性能表を見せられました。表の中で、引張試験機で測定した接着力がミリ当たり0・03ニュートンとなっていたのが目を引きました。ですが、疑問もありました。

接着力が0・03ニュートンなら実際に使えるのですが、使用条件によっては剥がれるおそれがあります。それであまり感心した顔をしませんでした。

すると先生は恐い顔をして、俺の発明にケチをつける気か、と怒りました。

ところが、休み明けの日の朝、先生から電話が掛かって、新しいデータが出たので、説明するからすぐ来なさい、と言われました。すごく明るい声でした。

顧問室を訪ねると、室内に酒の匂いもなく、これが新しい印刷テストの最新データだ、と言って手書きのデータを渡されました。休み中も出勤されていたのでしょう。接着力が0・05ニュートンにまで強くなっているのには、驚くしかありませんでした。

なぜこんなに強くなったのか訊ねると、俺が発明したXを添加したからだ、と言われました。ですから先生が、万能水性インキを改良したんです。

ただし正式なデータとして登録していなかったので、正式な日付が二月二十二日になったのです」

中村以外に平尾の言葉を聞いた者はいるのか。哲子は、中村の供述を疑った。

桐野がどのようにそのポイントを突くのか。

我慢して聴いていた桐野が、ここで口を挟んだ。

「それでは、中村さんが万能水性インキを改良したわけではないのですか」

「お話した通り、先生が万能水性インキを改良したのです」

せっかくの手柄を横取りされたとあれば、殺害動機が強まる。この動機を消すために虚偽の供述をしたのだろう。

なぜ桐野は深く追及しないのか。

桐野は落胆したのか、していないのか。ただ淡々と話した。

「わかりました。説明を続けてください」

「その後、成分Xって何かを訊ねましたが、このインキは我が社のノウハウだから社員にも教えられん、と言われました。

でも続いて、造り方だけ教える。明日、万能水性インキの二度目の試作をするから午後六時に製造現場に来なさい、と優しい言葉をかけて戴きました。

その夜は嬉しくて、自宅で妹にも、明日から新しいインキの試作に入る、と自慢したほどです。

次の日の午後六時から、製造現場で先生とインキの試作をしました。その後の状況はすでに話した通りです」

ようやく中村が長い説明を終えた。

中村の供述が本当なら、中村が指導を受ける前に、平尾が成分Xを思いついており、中村の動機の一つは消える。中村が要領よく動機を消した。

でも、平尾が成分Xを思いついていた、というのは事実かどうかわからない。中村が主張しているだけだ。中村以外の社員の証言を当たる必要がある。

「言いたいことはそれで終わりですね」

「はい」

「今日の取り調べはこれで終わります。中村さん、別室でゆっくり休んでください」

桐野は立ち上がって部屋を出た。

哲子は山中に疑問をぶつけた。

「あれでいいんですか？　何も追及していませんよ」

「落としの桐野さんのやり方がよくわかったよ。最初は容疑者の言い分だけ聞いて、容疑者に、お前を信用している、と思い込ませるんだ。以前、長い間、世間話だけしては容疑者の身柄を確保せずに自宅に帰らせると、桐野さんに心を許した容疑者がとうとう自主的に自供した、って話もある」

「気が遠くなりそう。私には無理！」

「安心しろ。お前に同じ真似をしろなんて誰も言わないぜ」

だが哲子には、山中に確かめたいことがあった。

「山さん、桐野警部補は本当に中村を落とす自信があるんでしょうか」

「もちろんだ。疑うなよ」

「山さんは、桐野警部補に心酔しすぎじゃないですか」

山中が即反撃した。

「お前もいずれそうなるよ」

絹は、哲子に静かに言った。

「中村さんの話は、私が直接聞いた話と矛盾しません。でも確認すべきことがあると思います。まだ犯人ではないと、決めてしまってはいけません」

「テツと違って、羽生さんは冷静だな」

山中が絹にいやらしい視線を向けた。

絹も哲子も返事をしない。

そこに、取り調べを終えた桐野が、絹たちのいる部屋に入ってきた、

「どうですか、前の供述と食い違っている箇所がありませんか。どんな些細なことでもいいですから、気がついた点があれば教えてください」

絹は即答した。

「少なくとも私が訊いた話とは矛盾しませんけど、確認すべきことが抜けていると思います」

「それは何ですかな」

「中村さんが聞いたという平尾氏の言葉を、会社内の他の方も聞いたのかどうか、確認すべきと思います」

「もちろん確認する予定ですよ」

桐野が少し間を置いて、答えた。

8

次の日、捜査会議で喜田が桐野を指差して訊いた。

「中村は送検できるのか」

「いえ、まだ信頼関係を築いている段階です」

桐野が適当な返事をした。

そのとき、突然谷の手が挙がった。

「中村宅の捜査で、妹の部屋から切手剥がし液が見つかりました。インキ缶の蓋のラベルから見つかった物と同じ製品です」

「本当か」

会議室が騒然となった。決定的な証拠かもしれない。

「中村の指紋はあったのか？」

「残念ながら検出できませんでした」

会議室全体に溜息が漏れた。

「いつ購入したかはわからないのか」

「彼女は一月九日と言っています」

ここで、所轄の刑事の手が挙がった。

「前回の事情聴取の途中で中村の自宅を捜索しました。そのとき見つからずに、なぜ今回見つけたのですか」

谷がすぐに説明した。

「それは私も訊ねました。前回は友達に貸していたそうです」

「それが本当なら有力な証拠です。中村が出荷棚にインキを置いたのが一月十一日です。そのときに、中村がその切手剥がし液を使った可能性があります。すぐに中村を追及します」

桐野が嬉々として発言した。

「他に何かなければ、捜査会議を終了する」

喜田が捜査会議を締めくくった。


捜査会議が終わると、哲子たちは再び桐野の取り調べを視聴した。

もちろん、絹も視聴している。

「中村さん、以前切手剥がし液なんて知らない、と供述しましたね。今もご存じないのですか」

哲子は中村の横顔を注視したが、何の動揺も示さない。

「はい、見たことはありません」

「それは困りましたね……実は妹さんの部屋から、切手剥がし液が見つかったんですよ」

桐野が中村の顔を覗くように見ながら、静かに言う。

絹は切手剥がし液について、中村兄妹から何も聞いていない。

「妹の部屋？　でも見ていない物は見ていません」

中村は何の動揺も示さないが、中村を信じていいのか。

「しかも切手剥がし液を買ったのは一月九日と言われてます。あなたが出荷棚にインキ缶を置いた一月十一日よりも前なんですよ」

桐野が自信たっぷりに追及した。

「妹は私にそれを貸したと言っているんですか？」

「いえ、そうは聞いていません。ですが、あなたがこっそり持ち出した可能性が高いですね」

「妹とはいえ女性ですから、部屋に勝手に入れません」

「ふすま一つ隔てた隣室に置いてある物を、見たことがない、と言い張っても信用できませんよ」

「信用して貰おうなんて考えたことはありません。私は事実を忠実に話すだけです」

桐野の揺さぶりを受けても、中村は微動だにしない。

その様子を見て、絹は美佳と話し合う必要があると感じた。


取り調べを視聴するうち、哲子は中村への怒りが湧いてきた。

「山さん、中村って相当手強い相手ですね」

「テツ、桐野さんがなんとかするだろうから、静かに見守るんだ」

山中はすっかりさじを投げたようだった。

一方、絹の顔も曇っていた。どうやら、彼女も中村を疑いだしたのか。

その後、桐野が前回と同様の追及を繰り返したが、中村も同じ供述を繰り返すだけ。取り調べに進展はなかった。

その夜の捜査会議で喜田が桐野を指名した。

「桐野、送検できるだけの材料はまだ揃わないのか」

「切手剥がし液が見つかったので、中村が例のインキを造ったという状況証拠はあります。ですが、殺害現場と殺害方法が特定できていません。死体損壊等罪の疑いで取りあえず送検するのはどうでしょうか」

「いや拘留期間を延長してでも、なんとか殺人の証拠を掴んでくれ」

「何とかやってみます」

桐野には、この時点で自供に追い込む自信があるようだ。まだ二晩しか取り調べをしていないのに。

　ここから追い込むのが、落としの桐野と呼ばれる男の腕の見せ所だろう。

哲子は桐野が中村をどう落とすのか、興味がある反面、中村の供述を真実と仮定して吟味する必要性を感じていた。絹が中村を信じ切っていないようだからである。

絹への反発心で、絹が信用すると言えば疑いたくなるし、絹が疑い出すと信用したくなる。

哲子は視聴室を出て、桐野や山中と対策を講じ、中村以外の容疑者について二人に意見を求めた。

だが、今までの議論からほとんどはみ出ることがなかった。

「奴は切手剥がし液を使える状況にあった。まず犯人に間違いない」

桐野の結論に、山中も同意した。

# 第八章 新事実

1

　その後、捜査本部は中村の送検に踏み切った。間もなく追い込めるという桐野の判断を受けての措置だ。その前に哲子は、「時期尚早ではないですか」と疑問を呈したが、考慮されなかった。

　哲子は、予め約束していた通り、中村の送検が決定した時点で、樽井に電話で伝えた。

　その夜、哲子はいつもの喫茶店で樽井に会った。

「中村を送検したんですね。もちろん起訴できる見通しは立ってるんでしょうな」

「それは何とも言えません」

「起訴できないとしても、一応日刊バーストでスクープがとれました。週刊バーストでもいずれ特集を組みますよ。ありがとうございます」

　捜査本部は夕刻近くになって中村を送検した、と公式に発表した。

　結局、日刊バーストが特ダネを手にしたのだ。

「確実な証拠が見つかったんですか？」

「中村の自宅からある重要な証拠が見つかったので、中村があのインキを造った疑惑が深まりました。でも決め手ではありません。とりあえず死体損壊等罪で送検し、殺人については引き続き捜査を進めています。殺人に切り替えて起訴するかどうかは、実のところ今後の自白にかかっています」

哲子は当たり障りのない返事をした。

「私が聞ける情報はそれだけですか？　重要な証拠ってなんですか。教えて下さいよ」

やはり、樽井は満足しない。

「記事にされたら困るので言えません。それに個人的な意見ですが、容疑者の供述は信用できるとまでは言い切れませんが、送検できるだけの証拠はなさそうな気がします」

思いがけない言葉だったのだろう、樽井の表情が変わった。

「へえ、なぜ心境が変化したんですか？」

「訊いているうちになんとなく変わったんですよ」

絹への反発心からなんて、言えるわけがない。言っても絹と面識のない樽井には理解できないだろう。

「今日はそれくらいにしときますかねえ。今後も捜査情報をお願いしますよ」

「待って下さい。そちらも何か掴んでいるんじゃないの？」

「いけね。情報収集がお留守になっていました。送検がいつかと気を揉んでいたんですよ。明日にでも当たって見ます」

樽井の言い訳に、哲子は落胆した。

## 2

明くる日の日刊バーストの記事を見た絹は、中村の妹美佳に電話を入れた。

「羽生ですけど、日刊バーストの記事を見て残念に思っています。ご自宅に伺ってよろしいでしょうか」と言うと、「こちらもお会いしたいです」と返事してきた。

美佳から住所を聞き出すと、一人で向かった。哲子が一緒だと、美佳が警戒して本音を話さないだろう。

中村や美佳とは何度かあったが、自宅に伺うのは初めてだ。二人が住んでいる『メゾン根岸』は、古い木造二階建てのアパートで、看板の字も薄汚れている。

アパートの前にテレビカメラが何台か見える。家族への取材は自粛しているので、アパートの住民にインタビューしていた。「中村さんはどういう人物ですか」などという質問をしているのだろう。

レポーター群をかき分けて階段を上がると、二つ目のドアに『中村』の表札があった。

「羽生です」とインターフォンで告げると、「どうぞお入りください」と、美佳が玄関ドアを開けた。

絹は素早く体を入れ、素早くドアを閉めた。

改めて挨拶を交わすと、愛くるしい顔立ちの美佳が険しい表情をしていた。

「どうぞ」

美佳に案内され、居間に通された。八畳ほどの和室で、隅にはガス台やシンクが付いている。簡単な挨拶を交わした後、すぐに美佳は悲しげに訴えてきた。

「ニュースでは、インキ缶のラベルに切手剥がし液が塗ってあって、それが容疑者の自宅から見つかったと、いうじゃないですか。それって、私のですよ。買った日が事件の前だった、なんて私が言わなきゃよかったんです」

日刊バーストの記事なので、そのネタを掴んだ記者の名は出ていない。

「実は、中村さんは平尾氏が用意したインキ缶にインキを詰めただけなんですよ。マスコミの記事を鵜呑みにしてはいけません」

「でも切手剥がし液が逮捕の決め手だし、送検されたってことは、起訴できる証拠が揃ったということですよね」

美佳は警察の手続きをよくわかっていた。学生だと見くびっていたのが間違いのようだ。

「いえ、警察も確実な証拠を掴んでいるわけではありません。勇み足の可能性もあります」

「ならいいんですけど、兄はほとんど事件のことを話しませんので、私にはよくわからないのです。今度の記事も日刊バーストですね」

「まあ、そうですね」

「そもそも兄が疑いを掛けられるきっかけは、樽井という記者が書いた週刊バーストの記事じゃないですか。あの記事から公害裁判の原告を辿れば、私たち兄妹が怪しまれるに決まっています」

美佳が樽井の記事を非難した。

「彼は松山候補者の悪行を暴きたかったのですが、結果的に中村さんに迷惑を掛けてしまいました。

でも正義感の強い人のようですから、中村さんが無実なら助けようと動くはずです」

「兄は人を殺せる人間ではありません。子供の頃から一緒に生活をしている私にはよくわかるんです」

「では、お訊きします。年末から一月の中頃にかけて、中村さんの様子が大きく変化しませんでしたか」

「昨年の暮れにはすごい先生の指導を受けることになったと張り切っていたんですけど、仕事始めから二、三日の間、すごく落ち込んでいました。でもやがて立ち直って明るい顔をしていたんです。でも、一月の十日頃になると、すごく暗い表情になって、何か話しかけても返事らしい返事がありませんでした」

　事件の経過とそこまでは一致している。

「その後中村さんが何か言っていませんでしたか」

「二月の末だったと思います。平尾先生のご遺体がインキに練り込まれたと騒ぎになった頃、兄が先生のインキを再現したと言っていました」

「中村さんが、万能水性インキを再現した、と主張していたのは二月末です。美佳さんが聞いた時期に一致していますね」

「羽生さん、私達が頼りにできるのはあなたしかありません。本当によろしくお願いします」

　美佳が頭を下げた。

　絹は、予め考えていた案を伝える。

「一度面会されたらどうですか」

家族でも弁護士でもない絹が面会するのは難しい。

「切手剥がし液の件で兄に顔を合わせるのが辛かったんですが、羽生さんの言葉で決心がつきました。兄に怒られるのを覚悟で面会してきます」

「樽井さんの記事で、刑事が中村さんに目を付けたことは間違いないです。でも、樽井さんはジャーナリストですから、真実を報道する使命があるんですよ」

「そうですね。自分も将来ジャーナリストになったら、同じ記事を書くかもしれませんね」

美佳は冷静さを取り戻していた。

「中村さんの話の中で、中村さんに有利な事実があればおっしゃってください。私が刑事に伝えますから」

「何が有利なのかもわかりませんが、正直にお話しするつもりです」

「私も何とかお役に立てるよう頑張ります」

「よろしくお願いします」

これで何とか絹の意図した方向に進めることができた。いずれ美佳が、中村から得た情報を伝えてくれるだろう。

美佳が自分の提案を受け入れたので、絹には事態を打開する一筋の光明が見えてきた。

3

突然、絹が哲子に会いたいと電話してきた。

「容疑者の妹の美佳さんに会ってきました。その内容を伝えたいので、会いたいのですが」

絹の正直な言葉に哲子は驚いた。絹は哲子の反発をなんとも思っていないのだ。ただひたむきに事件の真相を追っているのだろう。

「では向島警察署に来ていただけますか？」

絹は警視庁顧問に就任しているので、自由に入ることができるはずだ。

「他の刑事の方はいない方がいいと思うのですが」

「わかりました。部屋を用意しておきます」

小会議室で、絹と向き合うと、まず苦労をねぎらった。

「よく会えましたね」

テレビ局のレポーターが中村の妹にインタビューを申し込んでも、インターフォン越しの会話だけで断られていた。

「マスコミを避けるのは大変でした。けど、こちらにも大事な使命がありますから」

「妹さんとの会話の録音はあるんですか？」

「個人的にアドバイスしただけで、事情聴取じゃないですよ」

絹の冷たい言葉に哲子は落胆した。

でも裏を返すと、絹は美佳と信頼関係を築いているに違いない。期待以上の働きをしてくれた可能性がある。

「では、話の内容を聞かせてください」

期待に胸を躍らせる哲子の前で、絹がタブレットを開いた。

「中村さんの様子の変化について質問をすると、こちらで把握している事実とほぼ一致するんですよ。

たとえば、昨年の暮れには張り切っていたのに、年始めには落ち込んでいたそうです。また、一月末に平尾氏のご遺体がインキに練り込まれたと騒ぎになった後で、中村さんが万能水性インキを再現したと言っていたそうです」

哲子は、中村が真実を話している、と思い始めた。

「中村が、万能水性インキを再現した、と主張しているのは二月末です。妹さんが見た中村の様子に一致します。山中は、平尾氏が中村の手柄を横取りしたと信じていますが、私は必ずしも信じ切っているわけではありません。私と同じ意見の刑事は他にもいます」

「署内でも意見が分かれているんですね」

「切手剥がし液について何か言っていませんでしたか？」

「妹さんは警察に、切手剥がし液を買ったのは一月九日です、と答えたのを悔やんでいました」

「でしょうね。その証言が送検の決め手になったのですから。妹さんが兄に貸さなかったという証言は取り上げられませんでした。身内の証言だし、中村が無断で使った可能性もありますから」

「不利な証言だけを取り上げるって、警察も勝手ですね。間違った日付を記憶している可能性もあるのに」

「実は、私は慎重に判断すべきと主張したんですが、購入した店と購入日を確認すると、一月九日に間違いありませんでした。それが決め手になったんです。中村も妹さんも正直すぎたのかもしれません」

哲子は本音を素直に伝えた。

「正直だからと言って、無実だとはまだ決められませんが」

「妹さんはどういう人なんですか」

「千葉公立大学の国際情報科に通っている学生で、国際ジャーナリストを目指していると聞きました」

「ある程度の法律知識はあるんですね」

「だから、証言を丸々信用すると、騙されるかもしれませんよ」

絹はあくまで公平性を貫いているようだ。

## 4

その後、美佳から絹に会いたいと電話が入った。

大学に行く前にと言うので、絹は美佳を気遣って鶯谷駅近くの喫茶店で待ち合わせた。

「昨日あれから兄に面会してきました」

美佳がいきなり切り出してきた。

「お元気でしたか」

絹は差し障りのない問いを投げかけた。

「実はお願いがありまして」

美佳は絹の問いには答えず、すぐに用件を話してきた。

「落書きインキの粒は通常のインキ以上に細かいのです。なぜ、そうなるのかわからないけど、羽生さんならこの謎が解けるんじゃないか、と言っていました」

「急に難しいことを言われてもわかりませんが、考えておきます」

「私が見る限り兄は正常です。何か取り乱している様子もありませんでした。よろしくお願いします」

美佳が去った後で、絹は中村が投げかけた謎を解いてみようと試みた。

落書きインキの粒が細かいことは、警視庁鑑識で掴んでいたはずだ。ただ、なぜそうなのかを、深く追及しなかったのだろう。

絹は、謎を解明するために、ある仮説を立て、その仮定に沿って考察した。中村が無実であれば、何とか中村を救いたいからだ。

絹は真実出版社に電話して、樽井に取り次いで貰った。

「警視庁顧問の羽生と申します。樽井さんに調べて欲しいことがあるんですけど」

「いきなりそう言われても困ります。そもそもあなたは信用できる方ですか？」

「ええ、山中刑事や岩城刑事と共に平尾氏殺害事件に関わっている者です」

山中や哲子の名を口にすれば、信用して貰えるだろう。

「なるほど。で、何を調べるんですか？」

「まだ口外しないで下さいね。実は……」

絹は、民間の科学鑑定所でもう一度DNA鑑定をして欲しいことと、その理由とを打ち明けた。

「本当ですか？　前回は断られたのを相当粘ったんですよ。どうしても引き受けなければいけませんかね」

「あなたは正義漢だと信じています。中村さんが無実だという確かな証拠が掴めそうなんですよ」

「あなたが頼めばいいじゃないですか」

「私には費用が出せません。樽井さんなら出版社に依頼できるでしょう。また、スクープもとれるんですよ」

しばらくしてから、樽井が答えた。

「何とかやってみましょう」

「怪文書はまだお持ちですよね」

「それは大丈夫です」

絹は、ホッと一息ついた。後は樽井の報告を待つばかりだ。

絹と会った日の夕刻、哲子と山中は桐野から中村の様子を聞いた。

「中村は落とせそうですか？」

桐野の顔が曇った。

「中村は検事の取り調べに素直に応じているが、犯行は全く認める気配がない」

「妹さんが面会に行った、と聞いていますが？」

哲子は、自信家の桐野に意地悪をしたくなった。

「以前と比べると表情が明るくなっただけだ」

「どういう攻め方をしているんですか？」

「どうもこうもないよ。とにかく膠着状態だ。新しい証拠がないと、起訴に持ち込むのが難しい」

哲子の予想通り、桐野が弱音を吐いた。

山中を自動販売機の前に誘うと、哲子は小声で話しかけた。

「だから言ったじゃないですか。山さんは桐野警部補を買いかぶりすぎですよ」

「あの自信は何だったんだよ」

「私たちで捜査をやり直すしかないようですよ」

「仕方ねえな」


次の日、哲子たちは再び修一のマンションを訪問した。

部屋のインターフォンを押しても返事がなく、部屋の明かりも付いていない。

だが、前回郵便受けからはみ出ていたチラシがなくなっている。どうやら、修一は旅行から戻ったのかもしれない。

部屋の前に立っていると、後ろを通り過ぎる足音がした。振り返ると、以前出会った中年男が隣の十四号室の前に立っていた。

男はドアに鍵を差し込みながら、哲子を振り向いた。夕食の帰りらしく、口をモゴモゴさせている。

「あんた、どこかの新聞記者と言ってたね。やっぱり事件なんだろ」

「違いますよ。地域情報紙の記者です。剣持さんはまだ旅行中ですか？」

哲子は冷や汗を掻きながら訊いた。

「旅行からは戻ったんじゃねえの」

「なぜそう思うんですか？」

「ギターの音が、最近聞こえていたからね」

「今日はお留守ですか？」

「そのようだな。静かだから」

「ありがとうございました」

その後、哲子と山中は他の住民の部屋を聞き込みに回った。が、何も収穫がなかった。

5

その後も修一のマンションを見張ったが、修一は現れない。

しびれを切らせたとき、絹から緊急連絡があり、哲子は向島警察署の玄関ロビーで絹と会った。

樽井も一緒だが、記者を署内に入れることはできない。

「どこか部屋を空けて貰えませんか。他の刑事さんも呼んでください」

「樽井さんは玄関ロビーで待機していてください」

絹を小会議室に案内すると、絹がバッグから大きな封筒を取りだした。

山中と桐野も、遅れて小会議室に入ってきた。

「中村美佳さんに頼まれて、ヒューマン科学鑑定所で分析した結果です」

哲子の目の前にヒューマン科学鑑定所の報告書が置かれた。表紙をめくると、分析表があった。

「インキ中でバラバラにされたＤＮＡの断片から元のＤＮＡを推定してみた（※７）」

とあり、さらに
「インキ中における細胞内のＤＮＡと、バラバラにされたＤＮＡとは一致せず、親族関係もない」

と記載されている。

「封筒内にＤＮＡの分析データを記録したＣＤが入っています。どれもコピーですから差し上げます」

予め絹の推理を聞かされていた哲子は、分析表を見て呻いた。

「二人のご遺体が練り込まれていたんですか」

「細胞内のＤＮＡは、前回も検出した平尾氏のＤＮＡです。問題は細胞外のＤＮＡが誰のＤＮＡなのかです。それはこちらではわかりません。警察で調べて下さい」

哲子は分析表を山中と桐野に見せた。

「羽生さん、警察に相談しないで勝手なことをしては困ります。このデータは何ですか」

桐野の問いに、哲子が答える。

「中村が羽生さんに頼んでいた検査データです。きっと中村が面会に来た美佳さんに言付けたのでしょう。羽生さん、違いますか？」

「その通りです」

「テツ、そんな話は聞いてないぞ」

哲子は、桐野と山中の怒りを無視して、絹に尋ねた。

「細胞外に飛び出したＤＮＡは誰のものか、羽生さんには見当が付いているんですか？」

「想像ですが、剣持修一さんのＤＮＡだと思います」

竜次は花恵の家にいることが確認されているが、修一の姿は確認されていない。

「でも、修一は旅行から一度戻ったと隣人が証言しています」

「修一、竜次と一緒に生まれたＺが修一の部屋に住んでいるんでしょうね」

「三つ子ってことですか？」

「まあいいか。すぐに鑑識のデータと照合する」

山中がＣＤのデータを科学捜査研究所にメールで送った。

事件の関係者は限られている。絹の推理通り竜次のＤＮＡと一致する可能性が高い。

ということは、姿を見せていないＺのＤＮＡだろう。

哲子は、絹に一言断りを入れた。

「羽生さん、後はこちらで確認して結果を連絡します」

絹が片目をつぶって微笑んだ。

「樽井さんには私から話しておきます。彼も誰のＤＮＡなのか、知りたいでしょうから」

「こちらでインキを再検査しないと、この結果だけで早まった判断はできないとお伝えください。信用しないわけじゃないけど、樽井さんが本当のデータを持って来たかどうかも、わからないじゃないですか」

「わかったわ、警察の面子がつぶれないよう早く調べてください」

と、絹がさりげなく気遣いを見せた。

「恩に着ます」

「桐野さん、中村は釈放ですね」

哲子の言葉に、

「そうなるだろうな」

と、桐野が忌々しそうに言った。

「釈放が決まったら、真っ先に報せてくださいよ」

絹の依頼に哲子は片目をつぶって見せた。

「わかっています」

「では私はこれで」

絹が小会議室を出て行った。

6

その後、DNA鑑定の結果を踏まえて、哲子は山中や桐野と協議した。

「羽生さんの予言通りか」

桐野も山中も驚嘆した。

「私の推測では、平尾氏を殺害したのは花恵兄妹だと思います。保険金目当ての犯行でしょう。そのとき手違いか仲間割れで、修一さんも殺害した」

哲子は、自分の推理を述べた。

「だとしてもインキにご遺体を練り込んだのは中村だろ。花恵や竜次にはそんな真似できん。哲子は誰がインキにご遺体を練り込んだと考えているんだ」

「わかりませんが、中村以外の社員……例えば岡山インキの告発者とか、日向が花恵に頼まれたんでしょう」

「どちらにしても俺は間違っていた。岩城の勘が当たっている気がする」

桐野がミスを素直に認めた。が、すぐに、

「でも修一のDNAだけ細胞から検出されず、細胞外から検出されたのはなぜだ」

と、哲子に訊ねてきた。

「それはまだ推測の段階です。羽生さんはおよそ見当がついているようですが」

「誤認逮捕したとは、警察の面子が立たん」

桐野は間違った取り調べで心乱れているだろう。

哲子はそっとしておくことにした。

「羽生さんから頼まれている件があります。竜次、修一と同時に生まれたZの行方を探して欲しいそうです」

「では、すぐに剣持家の実家に行きませんか」

意見がまとまったら、行動に移すしかない。

「剣持家の実家は……と、茨城県の高萩市だ」

山中がタブレットを開いて確認した。

「それに日向の実家は水戸ですから、高萩市に行った帰りに立ち寄れます」

哲子もタブレットを確認した。

このとき、桐野が突然宣言した。

「俺はこの事件から撤退する。誤認逮捕したんだから、当然だろ」

桐野が続けると言っても、喜田が担当を外すだろう。

哲子と山中にようやく主導権が戻って来るのか。

# 第九章　第二の殺人

## 1

捜査会議で、喜田が宣告した。

「検察は、証拠不十分として中村の起訴を断念し、釈放を決定した。桐野警部補には、誤認逮捕の責任を取って貰う。いいな。

今後、インキ研究者殺害事件の捜査は、山中と岩城に任せる。事件解決のための例外措置だ。強行犯係、特殊犯係が一体となって、二人に協力してくれ」

次の日、哲子と山中は高萩市に向かうべく、車に乗り込んだ。剣持三兄妹が過ごした実家、及び日向の実家を訪ねるためだ。

検察が起訴を断念したと知って、哲子は急いで絹に電話を掛けた。

「羽生さん、中村さんが釈放されたそうです」

「ようやく釈放されたんですね。美佳さんにも伝えておきます」

「それと、今から剣持三兄妹の実家に向かいます」

「Zの存在を確かめるためですね。期待しています」

雪が舞う常磐自動車道に入ったとき、後方に鑑識官を乗せた車が追いついた。

「今回は俺の負けだ。でもなぜ、中村を信用するようになったんだ」

車内で山中がぼやきだした。

「私にも、ようやく刑事の勘が出てきたんです」

「少しはな」

まだまだ、というように、山中が余裕の表情を浮かべている。

「負け惜しみじゃないですか」

「おい、高萩インターだぞ」

先輩風を吹かせたい山中が肘で軽く突いてきた。

「わかってますよ。少しうざいんじゃないですか」

高速道路から地道に降りると、あとはナビを頼りに進むだけだ。十五分ほどで剣持家に着いた。

家の前に立つと、門も庭もある二階建ての立派な家だ。

玄関の引き戸には鍵が掛かっていなかった。引き戸を開けて哲子が「ごめんください」と声を掛けても誰も出てこない。業を煮やした山中が怒鳴るような大声で中に呼びかけた。

「剣持弓枝さんのお宅でしょうか」

「はーい」

階段を下りる音が聞こえたかと思うと、派手な原色のセーターを着た熟年女性が現れた。剣持弓枝に違いない。

山中と哲子はさっと警察手帳を見せた。

「警察の者ですが、ちょっとお伺いしたいことがありまして」

哲子が柔らかい声で話しかける。

「竜次が何か？」

何も言っていないのに竜次の名を口にした。追い出したのを一応気に掛けているようだ。

「いえそういうわけではありません。ただ参考までにお伺いしたいことがありまして」

哲子は柔らかい言葉で、弓枝の緊張を解いた。

「最近、平尾という人が殺害されたというニュースが流れていますが、ご存じですか？」

「テレビで見ているけど、それが何か？」

「名前は報道されていませんが、その平尾氏と親しい女性が剣持花恵さんなのです」

「花恵？　ウソでしょ。東京に行くとき、日向さんの息子と結婚するって、言っていたのよ。それなのに他人の愛人だなんて」

日向と聞いて、哲子の胸は騒いだ。

「日向さんの息子って、日向順一さんでしょうか」

「そう。彼が平尾さんを殺害したの？」

三角関係のもつれによる犯行と誤解したようなので、取りあえず誤解を解く。

「違います。ただ、二人について聞きたいことがあります。日向さんの実家は水戸のはずですが、なぜ花恵さんと懇意になったのですか？」

「陸上競技で知り合ったって聞いたわ」

「そんな過去があったとは！」

哲子は山中と顔を見合わせた。花恵と日向に接点があろうとは予想だにしていなかった。思わぬ収穫だ。

哲子たちの驚きをよそに、弓枝は花恵と母親について語る。

「血は争えないっていうけど本当ね。やっぱ花恵は多美子さんの娘よね」

花恵と日向の関係も重要だが、今日の目的からずれている。

「ところで、竜次さん、修一さんと一緒に生まれた子供がいませんか？」

「三つ子ってこと？　そんなこと聞いたことがないわ。多美子さんは、ここへ嫁いできたとき、誰の子かわからない修一と竜次を連れてきたそうよ。ってことは、三つ子の一人を誰かに預けていたのかしら。彼女はホステスだったから、客の愛人だったんじゃない？」

正式に結婚していなければ、多美子の相手は調査できない。

そこで、哲子は話を変えた。

「多美子さんが亡くなってから、あなたが嫁いできたんですね」

この一言が弓枝の饒舌を引き出した。

「そう、私がきたとき、修一たちは高校生だったわ。花恵はまだ幼くて手が掛かるし、修一はグレて手がつけられないし、竜次は引きこもりだったのよ。よっぽど帰ろうかと思ったけど、美奈がお腹にいたので仕方なかったの。私は主人が亡くなるまで、赤の他人の子の世話を焼いていたの。いい加減放りだしたくなるわよ」

訊きたくもないことまで、弓枝が一気にまくし立てた。

弓枝のおしゃべりを止めようと、山中が家宅捜索を切り出した。

「竜次さんたちの部屋を見せていただけませんか？」

「あの子たちの部屋は、もう空っぽよ」

家のどこかにZの存在を暗示する物があれば、ありがたい。弓枝の言葉を信用しないわけではないが、彼女が見落としている物があるかもしれない。

「一応確認したいので」

「まあどうぞ」

「それでは入らせて戴きます」

山中が鑑識官の車に合図すると、四人の鑑識官が哲子たちと共に剣持家に上がり込んだ。弓枝のDNAと指紋を採取した後、哲子は弓枝に要請した。

「では三人の部屋を案内して貰えますか？」

「こちらが居間で、その隣が花恵の部屋だったの」

花恵の部屋で鑑識官が花恵の指紋を採取した。

弓枝について二階に上がると、六畳ほどの空き部屋が二つあった。

「ここに竜次と修一の部屋が並んでいるわ。でもあの子たちの残していった物は全部捨てたわよ。嫌な昔を思い出したくないから」

幸い、ULSで照らすと壁には指紋が残っていた。

双子や三つ子の場合、DNAが一致しても、指紋が一致することはまずない。二つの部屋には違う指紋があったが、間違いなく修一と竜次の指紋とはいえない。実家以外で採取した指紋と照合する必要があるのだ。

「私の言うとおりでしょ。三つ子の一人なんて、ここにはいなかったのよ」

弓枝は一方的にそう思い込んでいるが、詳しい説明をしている暇はない。

その後の捜査は鑑識官に委ね、哲子たちは日向の実家に向かった。


水戸市内の日向の実家は、門もなく、庭もない古びた平屋の建物だった。玄関戸の上に消えそうな『日向』の文字があるが、灯りはついておらず、家中が暗い。

「人が住んでいそうにないな」

「確認してみましょうか」

哲子はブザーを押してみたが、誰も姿を現さない。やはり空き家のようだ。

「日向さんって、確か容疑者が造ったインキを出荷させた、と証言した人ですね」

突然、横から聞き覚えのある声がした。振り向くと、声の主は樽井だった。車で哲子たちの跡をつけて来たらしい。

「先走らないでくださいね」

哲子は釘を刺した。

「もちろん警察が困るようなスクープ記事は出しませんよ。何か収穫がありましたか」

「残念ながら空振りです」

「日向さんの実家を訪問したってことは、事件と深い関係があるんですね」

「まだ言える段階じゃありません」

哲子は冷たく言い放った。貴重な情報をもたらした樽井だが、まだ確認できていない日向と花恵の関係を話すことはできない。

「岩城さん、それはないでしょう。まだ記事にはしませんから、ひと言だけ」

樽井が哲子の口に耳を近づけた。そこまでされると、借りがある哲子は無下にできない。

「んもう」

哲子はちらっと山中を見た。山中は見て見ぬふりをしている。

「日向さんと花恵さんは、結婚を約束していたそうです」

それを聞いた樽井が目を大きく開けた。

「そうだったんですか。でも記事にしませんから安心して下さい」

「報道したら、出禁にしますよ」

口止めして車に乗り込むと、哲子は急発進して樽井を振り切った。

「花恵と日向が結婚する約束をしていたなんて、衝撃の事実ですね」

「なのに花恵が平尾氏の愛人になった。殺害の動機、大いにありじゃないか」

車内で哲子と山中は興奮して話し合った。

## 2

向島警察署に戻って間もなく、捜査会議が開かれた。

「山中、岩城、剣持兄妹について何か掴めたか？」

さっそく喜田に収穫の有無を問われ、哲子は立ち上がった。

「剣持弓枝に聴きましたが、竜次、修一と一緒に生まれた子Zがいるかどうか、今のところ解りません」

「どういうことだ」

「剣持多美子は、竜次と修一だけを連れて、剣持家に嫁いで来たそうです。多美子は誰かの愛人だったそうなので、他に子供がいたかどうか、調べるのは困難です」

　喜田が黙ってうなずいた。

「Zがいた形跡が実家になかったのか」

「その点は鑑識から報告をお願いします」

　谷が立ち上がった。

「残念ながら、花恵たち三兄妹の指紋らしき物以外は見つかりませんでした」

「なければ仕方がないが、採取した指紋は三人の指紋に間違いないだろうな」

「竜次の指紋は花恵宅で採取したものと一致しています。もう一つの指紋は修一のマンションのドアに付いていた指紋と一致したので、修一のものと思われます。

　ですが、Zが存在しているのかは確認できていません」

「仕方ないな。他に何かわかったことはないのか」

　喜田は厳しい顔を哲子たちに向けた。

「大変な事実がわかりました。弓枝さんの話では、花恵と日向は付き合っていて、東京で結婚するつもりだったそうです」

哲子はどうだと言わんばかりに、声を張り上げた。果たして、喜田は唸った。

「本当か！　だとすると、日向が怪しいじゃないか」

「日向を事情聴取しましょうか？」

「日向はいつでも事情聴取できるだろう。先にZがいるかどうか突き止めろ」

喜田の指示はもっともだった。

3

喜田の指示で、哲子たちは修一のマンションを訪れた。Zが修一のマンションに住んでいる可能性があるからである。相変わらず明かりが消えている。

哲子は、以前話をした隣の男に再び話を聞いた。

「あんた、あのときの記者だな」

男が嬉しそうな声を出した。

哲子は、自分もまんざらではないと嬉しくなったが、すぐに職務に戻る。

「あの後も、剣持さんは留守のままですか？」

「四日前に戻ってきただけど、なんだかおかしいんだ」

「どういうことですか？」

「余りに隣がうるさいんで、ドアをがたがた揺らしてうるせえって怒鳴ったんだ。でも誰も出てこないんで、ドアノブを回すとドアが開いた。鍵が掛かっていなかったんだ。中を覗くと、剣持さんがあわててドアを閉めにきたけど、向こうに女の姿が見えた」

「他に誰かいませんでしたか？」

「姿は見えなかったな。けど、別の男の声が聞こえていた」

「その後は何も起こりませんでしたか」

男はしばらく考えてから答えた。

「夜中に何か引きずるような音がしていたな」

引きずる音とは何か？

「剣持さんとは、その後会いましたか？」

「いや、顔も見ないし、声も聞いてねえ。引っ越したんじゃないの。あの部屋にリフォーム業者が来ていたぜ」

「山さん、出直した方がよさそうですね」

「何か匂うのか」

「はい」

「いいだろ。お前の勘に任せるぜ」

哲子たちは総勢十名で、捜査令状を手に修一のマンションに向かい、並行して別働隊が花恵宅の家宅捜索を行うことにした。

修一宅のインターフォンを押しても誰も出ない。仕方なくドアを突き破って入ると、ＬＤＫはきれいに掃除されていた。さらに奥にある和室に入って驚いた。畳は新品だし、壁もフローリングもぴかぴかに磨かれていた。これでは血痕も指紋も採れないかもしれない。

哲子が立ち尽くす横で、鑑識官がALSを使って、部屋中の血痕や指紋を探しまわった。

さらに哲子が聞き込みしようと廊下に出ると、隣室のドアが閉まった。この隣人はいままで警察の捜索を見物していたに違いない。そう思ってインターフォンを押した。が、返事はない。何度も押したが返事はなく、灯りもついていない。哲子が刑事とわかって、居留守を使っているらしい。

「畳が新品なんて怪しすぎるぜ」

山中の疑問に哲子は即反応した。

「室内で何かを引きずる音が聞こえたそうですから、殺人があって畳に血が付いたのでしょう」

「修一さんが殺されたのか」

哲子は絹に電話した。

## 4

絹は哲子から連絡を受けた。

「花恵を連行しました。すぐに事情聴取を開始します」

絹は、中村に電話を掛けた。

「初めてお会いした八広公園で待っています」

八広公園に着いたときは、すでに周りが薄暗くなっていた。

やがて早足でやって来た中村に、ヒューマン科学鑑定所の報告書を手渡した。

「三日前に受け取りましたが、これを警察に見せてあなたを釈放して貰うのを優先しました。その後、剣持兄妹の家宅捜査や逮捕を追っていたので、お渡しするのが遅れました」

「なぜ別のＤＮＡが混在していると考えられたのですか？」

「あなたの言葉がヒントになったんですよ。美佳さんに、落書きインキは普通のインキよりも細かすぎる、とおっしゃったでしょう。その理由を考えた結果、別人のＤＮＡが混在するのではないか、と考えてヒューマン科学鑑定所に鑑定を依頼したんです」

「費用をお渡ししないといけませんね」

相変わらず几帳面で真面目な男だ。

「大丈夫です。樽井さんが取材費ですでに処理してますから」

「羽生さんは細胞外のＤＮＡって誰なのか、見当がついているんですか？」

「大体は気付いています」

「誰なんですか？」

「剣持竜次でしょう」

「まさか」

「中村さん、一緒に向島警察署に行きましょう」

事情聴取をしていた哲子は、絹が来たので事情聴取の様子を説明しようとすると、絹がそれを遮って、

「花恵さん宅の家を捜索したとき、竜次さんの指紋を採ったんですか？」

と、訊ねてきた。

「とっくに採ってますよ」

「念のため、もう一度確認してください」

哲子は、鑑識官に指紋を確認させた。

「花恵宅で採取した指紋と一致していますよ」

「それは、竜次さんではなく修一の指紋ですよ」

「修一の指紋は実家で採取していますけど、この指紋はそれとは一致しませんよ」

そう言ってから、哲子はハッと気付いた。剣持家で修一と竜次の部屋を訊ねたとき、弓枝か鑑識官のどちらかが、部屋を取り違えた可能性がある。指紋のデータを見て、竜次の指紋と違う方を修一の指紋だと決めただけなのだ。

「鑑識の手落ちかもしれません。でも羽生さんがそうおっしゃるには根拠があるんですか？」

「岩城さんたちが花恵さん宅に入ったとき、ギターを弾く音が聞こえていた、とおっしゃってましたね」

「ええ」

「どんな音色でした？」

「映画で見たフラメンコの伴奏をするギターの曲でした」

絹が、スマホを操作して、哲子に聴かせた。

「こんな感じの曲でした？」

「そうそう」

「私は剣持弓枝さんに電話して、竜次さんはギターが得意でしたか、と聞いたんです。すると、ギターなんか弾いたことないわ、修一はうるさいほどギターを弾いていたけど、と言っていました」

「花恵さん宅に来てから弾き出したんでしょう」

「フラメンコを弾くには、長期間の練習を積まないと習得できません」

「なるほど、わかりました。では竜次はどこにいるんですか？」

「私の推理に間違いがなければ、警察が花恵さん宅を訪問したときには、生きていなかったと思いますよ」

「なぜそう思うんですか？」

「その前に教えて頂きたいことがあります。インキの件で嘘の証言をした日向さんのことで何かわかったことがありませんか？」

「日向さんは、花恵さんと結婚を約束して東京に出てきたそうです」

何気なく言った哲子の言葉が中村に衝撃を与えたのか、中村の表情が変わった。

「今すぐ会社に踏み込んでください。大変なことが起きています」

「大変なことって何ですか？」

「説明している暇はありません」

絹がハッと何かに気がついたようだ。

「中村さんの言うとおりにしてください」

通常なら、中村の言葉通りに会社を捜索する気にはなれないだろう。

だが絹の表情や口調からただ事でないことがわかった。

絹や中村にしかわからない何かが起きている。そう哲子は直感した。

「山さん、捜査令状は間に合いませんけど行きますか」

「任意で踏み込むしかないだろ」

そのとき、中村が発言した。

「私が社長と専務を説得します」

車の運転を山中に任せ、哲子は岡山インキに電話を掛けた。

「もしもし、警察ですが、岡山専務につないで貰えませんか」

だが、受付に時間が掛かっているようで、なかなかつながらない。

見かねたのか、中村が後部座席から身を乗り出して、哲子のスマホを引ったくった。おとなしい中村にしては乱暴な仕草だが、哲子も黙って見守るしかない。

中村は、スマホをかけ直して、単刀直入に話しかけた。

「専務、いますぐそちらに行きますので、警察を中に入れてください」

話し終わると、中村が弾んだ息を静めながら、「済みません」とスマホを哲子に戻した。

# 第十章　結末は？

## 1

絹と刑事たちは、岡山インキに到着すると、一斉になだれ込んだ。

絹は中村と共に先陣を切って、製造現場に直行した。

「まだ間に合うかもしれません。急いでください」

絹は気が気でなかった。刑事や鑑識官も続いた。

分散攪拌機の手前で、機械を運転する日向の姿が見えてきた。

「日向さん、機械を止めてください」

中村が叫ぶと、日向は驚いて振り向いたが、機械を止めようとしない。

ようやく機械に到着した中村が、電源を切った。

機械が止まると、中村が蓋を開けて中を覗き込む。絹も覗き込もうとしたが、きついアルコールの匂いに思わず顔を背けた。

中村が現場のかき回し棒で、中のインキを搔き混ぜると、人の手が浮いてきた。谷主任鑑識官がその手を取り上げる。さらにインキを搔き混ぜると、もう一方の手が浮き上がり、それを別の鑑識官がつかみ取った。

インキの中には人の両手が入っていたのだ。

「人の手がなぜ！」

哲子が叫んだ。

「間に合いました」

「誰の手ですか？」

「平尾氏の手だと思います」

絹の言葉は哲子を混乱させたようだ。

「平尾氏のご遺体はとっくにインキに練り込まれていましたよ。なぜここにあるんですか？」

「日向さん、そうですね」

絹は日向に言った。

「いえ、花恵のストーカーの手です」

日向がうなだれた。

花恵のストーカー？　やはり日向は騙されていた。

「ストーカーじゃなくて平尾氏ですよ。知らなかったんですか？」

絹の言葉に、日向はぽかんと口を開け、放心状態となった。

「まさか」

「日向、お前を死体損壊の現行犯で逮捕する」

山中が宣言し、手錠を掛けた。ぶつぶつ言って首を傾げる日向を、哲子と山中が両脇を抱えて現場から連れ出した。

　絹も刑事たちに同行し、鑑識官だけが現場に残った。

　哲子は絹、中村と共に警察車両で向島警察署に向かい、山中が別の警察車両で日向を護送していた。

「羽生さん、あの手の持ち主は本当に平尾氏なんですか」

　念のため絹に確認した。

「そうです。日向さんは騙されているんですよ」

「なぜ平尾氏の手があったのか、良かったら説明してください」

「いきさつはわかりませんが、平尾氏は花恵さん宅で竜次さんを殺害してしまった。それで死体の処理に困って、竜次さんのご遺体をインキに練り込むことを思いついたのでしょう。そして、自分は顔を整形して、剣持竜次として生きようと考えました。

　でも整形後すぐに花恵さん宅に居ると、いずれ警察が来てＤＮＡ検査で正体がばれます。そこで平尾氏は花恵さん宅を離れ、家宅捜索が済むまで修一さんがいたんです。彼ならＤＮＡを検査しても、双子の竜次だと思われるでしょう。怪しまれることはないんです。

　その後、修一さんと入れ替わりに花恵さん宅に戻ったんです。警察は二度とＤＮＡ検査をしないので、正体はばれません。

　また、花恵さんには多額の生命保険が入りますから、二人は生活に困りません」

「インキに平尾氏のＤＮＡが見つかったのは、竜次さんのご遺体を練り込んだ後、わざと自分の体液を混ぜたからですね」

「その通りです。インキの製造工程を入念にして、わざと粒度を細かくして、竜次さんのＤＮＡを破壊したんです。通常の粒度にすると、鑑識が竜次のＤＮＡを見つけてしまうでしょう。

その後で自分の血や体液を混ぜ、インキ内でかき混ぜるだけにしておくと、鑑識は平尾氏のＤＮＡを容易に検出します。ばらばらになったＤＮＡから元のＤＮＡを復元するような手間を掛けるわけがありません」

哲子と絹が話すうちに車は向島警察署に着いた。

2

哲子はすぐに花恵たちの取り調べに入る気がしなかった。平尾が仕組んだトリックの一部を絹から聞かされたが、まだまだ多くの疑問がある。それらを未消化のままでは、花恵たちから正しい供述を引き出せないと感じた。

「羽生さん、降りずに車の中でもう少し教えてください」

「はい、どうぞ」

「なぜ平尾氏のトリックに気がついたのですか」

「それについては、中村さんから聞いた話を整理するとわかってきたんです。

中村さんが顧問室に初めて入ったとき、随分酒臭かったそうですが、顧問室に持ち込んでいた竜次さんのご遺体の匂いを隠すためと考えると、合理的に説明できます。

また、中村さんが落書きインキから接着力が格段に高くなるのを発見したのと同じく、平尾氏も竜次さんのご遺体をインキに練り込んだ後で、そのインキの性能に気づき、万能水性インキを完成させたんです」

哲子は、今まで心の中でもやもやしていたものが、ようやく晴れてきた思いだった。とはいえ全ての疑問が晴れたわけではない。

「平尾が竜次さんのご遺体をインキに練り込んだのに、製造現場でなぜ誰も気づかなかったのですか」

それには、中村が答えた。

「先生はインキの開発テストをするときは、その場に誰も立ち入らせませんでした。一月六日は先生が量産テストをするといって、私たちはすべて定時で帰宅しました。気づくわけがないです」

長年の功績があればこそ認められた措置だろう。

「もう一つ疑問があります。花恵と日向の関係を知ったとき、なぜ日向が平尾の遺体をインキに練り込んでいることに気づいたのですか？」

「それは中村さんに聞いてください」

中村が説明する。

「私が拘留されている間、日向さんがＮＡＨインキの量産化を進めていたんですが、私が釈放されて会社に戻ったときに、日向さんが造ったインキの不良品が多いことに気づきました。わけを訊ねると、配合量を間違えた、と頭を掻いていました。廃棄したのは土、日に休日出勤して製造したものです。時間の余裕があるのに失敗するとは、ベテランの日向さんにしては変だと思いました。それに日向さんの表情がすごく暗かったんです。

その後の作業予定表を見ると、私が定時で帰ると記入した後、日向さんがインキを造る予定を急遽入れました。そのとき、理由を聞こうと思いましたが、羽生さんとの約束があったので、会社を出ました」

中村の話を絹が補足する。

「中村さんから公園でその話を聞いた後、岩城さんから花恵さんと日向さんが親しかったと聞きました。すると中村さんが会社で大変なことが起きている、とおっしゃったので、日向さんが平尾氏のご遺体を練り込んでいる、と気づいたんです」

「日向は、なぜ一気にご遺体をまるごと練り込まなかったのですか？」

「日向さんは律儀で大胆なことはできない人です。現場に人が多いときではなく、人の疎らな土、日と、夜を狙ったのでしょうが、平尾先生が作業したときとは違い、周囲に何人か作業者がいますから、ばれないよう少しずつインキに練り込んだのでしょう」

絹と中村の説明で、哲子はようやく納得した。

「なぜその行為に及んだのでしょうか。今から解明を進めますが、羽生さんのご意見をお聞かせください」

「花恵さんに騙されたのでしょうけど、随分迷ったと思います。それに止めたときも、平尾氏のご遺体とは知りませんでしたね。知っていればできなかったと思います」

「ようやく納得できました」

車を降りた哲子は、絹と中村を向島警察署に招き入れた。

絹と中村を別室に待機させて、哲子は刑事部屋で、山中、綿貫警部補と取り調べの担当を相談した。

誤認逮捕で事件の担当を外された桐野の代わりに、喜田が綿貫を担当させたのだ。

「山さん、剣持花恵は私に取り調べさせて貰えませんか。羽生さんや中村さんから詳しい事情を聞きましたので、今度こそ自信があります」

哲子は思い切って提案した。

「構わんよ。喜田本部長には俺から伝えておく。日向は俺に任せろ。修一は綿貫刑事にお願いします」

修一の指紋が花恵宅で採取した竜次の指紋と一致したので、竜次の身代わりになっていたことが判明し、花恵宅にいた修一も向島警察署に連行されていた。

3

哲子は、取調室でしたたかな花恵と向き合っていた。取り調べを受けるにも拘わらず、花恵はショッキングピンクの派手なカーディガンを着ている。化粧も濃い。

彼女の服装や顔立ちに哲子は嫌悪感を覚えた。だからといって、鉄の女と言われた哲子は冷静さを失わない。

隣室では、絹と中村が取り調べの様子を視聴しているはずだ。何かがあれば、アドバイスを送ってくれるだろう。

「平尾は生きていてずっと一緒に暮らしていたんですね。脅迫状を印刷するのに使ったパソコンやプリンター、それに録音に使用したボイスレコーダーも二階の屋根裏で見つかりましたよ」

「そうなの」

花恵は少し間を置いて答えた。

「竜次さん殺害のいきさつから話してください」

花恵はしばらくためらったが、覚悟を決めたのか、座り直して淡々と話し始めた。

「昨年の秋、実家の父が亡くなり、葬儀の後で、義母の弓枝さんから竜次を引き取ってくれと頼まれたの。(竜次は自分の子ではないし、亡くなった旦那の子でもないわ。ひきこもった他人の面倒を見たくない)と弓枝さんは言うのよ。気持ちはわかるけど、私も竜次さんとは父親が違うんです。だから、修一さんに頼んでよ、と言い張ったの。愛人の身で竜次を引き取るなんてできないから当然でしょ。仕方なく修一さんが引き取ることになったの」

「順当な処置ですね」

「なのに去年の十二月になって突然修一さんから電話が掛かってきたの。竜次を養うのは大変だから、そちらで面倒を見てやってくれないか、と言っていた。断ると、父親が違うといっても兄妹には扶養義務がある、というの。言い合いの末に、半年ごとに交代で面倒を見ようということになったのよ」

「平尾は承知したんですか?」

「反対したけど、事情を話すと渋々納得したわ」

「竜次さんを殺害した状況を説明して下さい」

「竜次は実家にいた時から私を変な目で見るので気持ちが悪かった。今は長い引きこもりで体が弱っているから大丈夫と思ってたけど、クリスマスイブの夕方、料理の準備中に突然竜次が襲ってきたの。

　そのとき帰宅した平尾が入って来たので、彼に救いを求めたけど、猛り狂った竜次は彼を突き飛ばした。怒った彼が鉄鍋で竜次の頭を殴って逆襲すると、竜次はあっけなく死んじゃった」

「なぜ警察に届けなかったんですか？」

「私は届けようと言ったんだけど、愛人宅で殺人なんて世間に知られたら身の破滅だ、と言って彼は聞き入れないのよ。

　明くる日になって、彼が、いい方法がある、と言い出した。どんな方法か聞くと、俺が死んだことにして、竜次に成りすまして生きてゆく、と言うのよ。そんなことできるわけないわ、と言ったら、（東南アジアのY国に移住すれば安全だ。向こうで気楽に過ごそう）と言うの」

「怪しげな計画ですね」

　言ってはみたものの、哲子は自分の両親を思い出した。来年マレーシアに移住する予定だと言っていた。もし平尾と花恵がマレーシアに移住していたら、自分の両親と隣同士で生活していたかも知れないのだ。

「私は不安だったけど、お前には二億円の生命保険金が入るし、俺は株の取引で儲けるから大丈夫だ、と言われて渋々従ったの」

「株取引？」

「空売りとか言ってたわ。でも、途中でばれるとヤバいと言って、結局は実行しなかったけど」

誘拐事件で万能水性インキのデータをホームページに載せると、岡山インキの株価が大暴落した。会社はそれを見越して空売りを仕掛けたはずと山中が言っていた。通常の株購入とは異なり、信用取引で空売りを仕掛ければ株価が下がった分だけ利益になる。だから誘拐ではなく狂言だと主張していた。

ところが空売りを仕掛けようとしたのは、会社ではなく平尾だった。平尾は、株の空売りで稼ぐつもりだったのだ。山中の勘は全くの見当違いではなかったようだ。

だが、狂言ではないとわかってから、証券会社に照会しても、空売りした事実は発見できなかった。平尾はいざとなると危険を察知して空売りは避けたのだ。

空売りしていれば、とっくに事件は解決していただろう。


当時の状況を振り返りながらも、哲子は花恵の追及を続けた。

「竜次さんのご遺体はどう処理したんですか？」

「死体を手と足と胴体、それに頭に切り分けて、骨から肉をそぎ落としたの」

「持ち運びのためですね」

「そう。重いので分けたのよ。血や体液は洗剤で流し、頭蓋骨や骨は金槌で砕いて生ゴミにして少しずつ捨てたわ」

「眼や髪や歯の一部もインキから見つかっていますよ」

「手足と一緒に練り込むと言ってたわ」

哲子にも少しずつわかってきた。中村に聞いた説明を思い出したのだ。

「溶解反応槽に放り込むと、アルコールと苛性ソーダで肉や脂肪は溶けます。一方、固い皮や歯、爪は溶けなくてもニーダーやボールミルで細かく砕かれ、インキ内に分散します」と聞かされていた。

歯や髪も混ぜたのは、自分の体が全部練り込まれていると思わせたかったのだろう。

「松山元教授の話は何もしていなかったのですか？」

「していたわ。年末に（松山が都知事選に立候補するらしい。いい贈り物をしてやる）とニヤつい
ていた。以前から（俺が惚れ込んだクラスメートの井口由子と結婚したのに、由子がガンに罹った
ときに特効薬を飲ませなかった。高価で買えないと言っていたけど、由子が亡くなると銀座のバー
のママと結婚しやがった）と怒ってたわ」

「平尾は、なぜ由子さんが病死したときの事情を知っていたんですか」

「彼が由子さんの病室に見舞いに行ったとき、松山さんが話していたそうよ」

「金がないと言いながら銀座で豪遊していたってことですか。そりゃ誰でも許せないでしょうね」

「なぜ警察は竜次の体が練り込まれていることに気付いたの？」

花恵から聞いてきた。

「怪文書のインキのDNAを調べてわかったんですよ」

「でもあの頃、インキに平尾の遺体が練り込まれている、と報道されてたじゃない。それに平尾は、
大丈夫って自信満々だったのに」

「それについては今話せません。裁判で明らかにします」

重要な証拠は、裁判前に公表しない決まりだ。

「結局、竜次の遺体を練り込んだインキで落書きや印刷をしたのが命取りになったんでしょ。インキを川に流しておけばよかったのに。あのくそじじい、なんてバカなことを考えたの」

花恵は歯を食いしばり、拳で机を叩いて悔しがった。

花恵の言うとおり川に流しておけば、平尾は最初の事件で殺害されたと信じられ、第二の事件も闇に葬られ、花恵たちは安楽に暮らせただろう。

哲子は花恵の興奮が静まるのをじっと待ち、花恵の顔から熱気が引いたときに、追及を再開した。

「竜次さんのご遺体を練り込んだインキはいつ製造したんですか？」

「一月七日よ」

その日なら、事件の経過と矛盾しない。

「それまでの行動を教えて下さい」

「彼は冬休み中に、キャリーバッグにドライアイスと死体が入った包みを入れて会社に運び込んだの」

その後、機を見計らってインキに竜次の遺体を練り込んだのだろう。

「平尾は造ったインキを外に運び出しているはずです。車でないとマンションまで運べないから、あなたも協力したのではないですか？」

「一月七日の夜九時頃だったかしら、会社の近くに車を停めて待ってると、彼がキャリーバッグにインキを積めてやってきたの」

哲子は岡山インキ付近を拡大した地図を開いて、花恵に訊ねた。

「どの辺りですか？」

「わかんないわよ。防犯カメラのない場所だと言ってたけど」

平尾の足どりが掴めなかったのは、そのためだった。

「インキの缶はいくつあったのですか？」

「六個よ」

落書きインキに使われたインキに違いない。

「それはマンションで保管していたんですね」

「そう」

「でもマンションの防犯カメラには映っていませんよ」

「防犯カメラがない裏の階段を上って運んだみたい」

「階段で重いインキの缶を運ぶのは大変でしょう」

「私は運ばないわよ。彼が二つずつに分けて何回も上っていたわ」

花恵のマンションに防犯カメラのない裏の階段があることは、調べがついている。

ただしマンション付近の防犯カメラもあるはずだが、マスクやマフラーで顔を隠していたのだろう。

「一月十一日の平尾氏の行動を教えてください」

「夜十時半頃、前回と同じ場所に車を停めて待ってたの。彼が出てきたので、車に乗せてマンションに帰ったわ」

「そのときはインキを持っていなかったんですね」

「いつもの通勤バッグだけです」

それで事件当時の平尾の行動は把握できた。

「ところで、中村さん宛てに送ってきたCDに、ゆりかもめの走行音が入っていました。それについて何か話していませんでしたか」

哲子たちが振り回された録音について訊いてみた。

「捜査攪乱のため中村がやったと思われるだろう、と話していたわ」

やはり平尾は、警察がCDの音声解析をすると予想していた。

4

哲子は、その後の行動を確認した。

「平尾はいつ顔の整形をしたのですか？」

「車で迎えに行ってから三日ほど経った頃かしら、大阪で整形してきたの。(竜次の顔に整形してここにいると、警察にDNAを調べられる。それで俺が竜次の顔に整形している間、代わりに修一がいればいい。修一ならDNAが竜次と同じだから、DNA鑑定でばれる心配がない)と言ってた。DNA鑑定なんてよく知らないから、彼の言う通りにしたの」

美容整形手術は、健康保険が適用されない、自費診療なので身分を証明する必要はない。偽名を使っても、その場で治療費を支払えば済むのだ。近年では、逃亡した容疑者が指名手配の写真とは違う顔に整形した例があった。

「でも平尾は剣持竜次として生きてゆく自信があったのですか？　病院に入院したときなど、すぐにばれますよ」

「私は警察にばれないか心配だった。でも彼がY国に行けば大丈夫だ、と言うんだから仕方がなかったの」

「そんな話、納得したのですか？」

「納得してないわ。でも日本に住んでいたら、いずればれるんだから」

そこまで取り調べが進んだとき花恵は机に上半身を投げ出した。

「疲れたわ。眠らせてよ」

「まだ早いです」

冷たく突き放した。花恵を徹夜で絞ってやりたいのだ。


哲子は、第二の殺人事件の追及を始めた。

「日向が造っていたインキから平尾の両手が見つかりました。なぜなのかを説明して貰えますか？」

哲子の問いかけにも、花恵はふてくされた態度で黙りこんでいる。

哲子は、中村から聞いた背景の状況は話さず、できるだけ花恵から事実を聞き出そうと考えていた。

「平尾を殺害したのは誰ですか？」

「日向よ」

花恵はあくびをしながら面倒そうに短く言った。

「嘘でしょ。本当のことを言いなさい！」

脅しつけると、花恵が体を立て直した。

「嘘なんか言ってないわよ」

花恵が真顔になった。

「そういうなら、日向が平尾を殺害した状況を詳しく説明してください」

目撃証言と合わなければ、そこを突く積もりだった。

「私と平尾と修一さんの三人でマレーシアに行く相談をしていたの。すると、突然平尾が、お前たち俺を裏切る気だろう。殺してやる、と刃物を振りかざして襲ってきたのよ」

本当は平尾を殺害しようとして、修一のマンションに連れて行ったのだろう。若い修一を平尾が襲うはずもない。だがそれには触れずに話させることにした。

「それでどうしたんですか？」

「修一さんは外に逃げ、私はバスルームに逃げ込んでドアを閉めた。平尾が後を追ってきてドアを叩くもんだから、日向さんに電話して助けを求めたのよ」

状況としてありうるので、嘘だという根拠はない。

「修一はなぜ戻ってこなかったんですか？」

「平尾が刃物を持っているので、怖かったんじゃない」

「急に日向の連絡先、思い出せたんですか？」

「スマホに登録してあるわよ」

花恵は尻尾を出さない。

「日向はＯＫしたんですか？」

花恵は狡そうな笑いを浮かべてうなずいた。

「一途な彼のことだもの、きっと私を助けてくれると思ったわ。ストーカーにつきまとわれて殺されそうなの。助けて、と言ったら来てくれた。思った通りよ」

「なぜ本当のこと言わなかったのですか？」

やはり平尾ではなくストーカーだと嘘をついたのだ。

「平尾が生きているなんて、言えるわけないでしょ」

「話を進めてください」

「日向さんが入ってきたので、私はバスルームから出て見ていたの。平尾が驚いて日向さんを刺そうとしたけど、力負けして逆に刺されたの。そのうち修一さんが駆けつけたので、三人でどうしようか相談したわ。

前の経験があったので、インキに平尾の死体を練り込むことにしたの。それで私のマンションに死体を運び込んで、竜次の時のようにばらしてもらったの」

花恵は長々としゃべった。残念ながら、隣人の証言と矛盾するとまでは言えない。

「それで日向が会社でインキに練り込んだのですね」

哲子は落胆を隠して、これ以上は敢えて触れないことにした。修一の供述を聞けば何か矛盾が出てくるだろう。

「でも日向さんは悪くないわ。彼を頼った私が悪いの。申し訳ないと思っています」

花恵はグスンと鼻を鳴らして、ハンカチで眼と鼻を拭ったが、ハンカチは乾いていた。

もちろん哲子は花恵の供述を信じていない。平尾が留守の間、修一と自分たちの今後を話し合ったのだろう。

花恵にしてみれば老いてゆく平尾は負担になるだけだ。保険金さえ受け取れば用はない。平尾が株取引を自重したことで、平尾から受け取る金がわずかになったはずだ。それよりは平尾を殺害して、住田銀行の口座にある金を自由に使おうと考えたのだろう。

二人で綿密に計画を立て、日向を利用したのだ。

ただ視聴していた絹や中村の意見も訊く必要がある。

そこで事情聴取を中断し、取調室に別の係官を残して廊下に出た。

5

哲子は絹と中村がいる視聴室に入った。

「中村さん、花恵の話をどう思いますか？」

「日向さんが先生を刺したとは信じられません。人を刺せるような性格じゃないんです。日向さんは何と言っているのですか？」

「山中刑事が取り調べているので、訊いて見ます」

哲子の電話に応じて、山中が部屋に入って来た。

「山さん、日向は何と言ってます？」

「二日前に花恵からもうすぐ結婚できると電話が来て嬉しかった。ところがその後、花恵からストーカーに殺されると突然電話が入ったので、言われた通り川崎大師のマンションに入ったら、似た顔の男が二人いて、一人がドアを開け一人が椅子に縛られていた。どちらがストーカーなのか、わからないうちに殺人事件が起きた、と言っています」

そこまで聞いたとき、哲子は「待ってください」と話を中断して貰った。

「聞き込みで隣人から訊いた光景と合致します。隣人は、うるさいので怒鳴ってやろうとドアを開けたら、誰かが椅子に座っていて、剣持さんがドアを閉めにきた、と証言していました。椅子に縛られていたのが、顔を整形した平尾氏で、ドアを閉めたのが修一です」

取りあえず、目撃証言と日向の自供の一致を説明した。

「じゃ日向の供述は信用できる。（その後、立っていた男が近寄って座っていた男を刺そうとすると、座っていた男がナイフを奪い取って自分で胸を刺した。そのとき花恵が奥から出てきて、どうしたの？と聞いてきたので、正直に話したが、立っていた男が日向が殺したと騒ぎだした。花恵は男の言うことを信用したようだ。警察で無実だと主張しても、二人の証人がいるので信用されないと思い、花恵の指示に従った）と言っている」

「山さん、私には理解できない部分があるので、日向と話させて貰えませんか？」

山中の顔が一瞬こわばったが、すぐに余裕を取り戻した。

「そうだな。テツにはいい勉強だろ」

哲子は山中や絹と共に、日向の取調室に入ると、さっそく質問した。

「平尾氏が自分で胸を刺したとき、どうして花恵の言うとおりにしたんですか？」

「立っていた男が座っていた男の胸を刺そうとしたとき、私が止めに入ったんですが、揉み合っている隙に座っていた男が紐を振りほどきました。そして、ナイフを奪い取り自分で刺したんです。花恵は男の後ろにいたので、詳しい様子が判らず、首を傾げていたんですが、修一さんの言うとおりにして、と抱きついてきました。そのとき座っていた男がストーカーだとわかったんです。

花恵には、警察には届けずに済ませるいい方法があるから任せてね、と言われました。その後は、花恵のマンションで、花恵の言う通りに遺体をバラして、頭、両手、両足、胴体に分け、いったん花恵宅の冷凍庫に入れました。

その後、自分の冷凍庫に移しましたが、そのとき頭はありませんでした」

「おそらく修一が砕いて、生ゴミとして捨てたんでしょう。その後の行動は？」

「それから、胴部と両足をインキに練り込み、最後に両腕をインキに練り込んでいるとき、中村君が駆けつけてきたんです」


哲子たちは視聴室に戻り、中村を含めて協議を再開した。

「日向はあの腕が平尾の腕だと知らなかったんですね」

「インキに練り込んだのは先生のご遺体だ、と中村さんに言われても、日向はまだ信じられないようでしたからね」

山中の言葉で、花恵に対する怒りの感情がこみ上げた。

「花恵はストーカーが、整形した平尾だと日向には教えていないのです。なんて卑劣な女なんでしょう」

「知っていたら日向さんがインキに練り込んだりしませんよ」

　中村が断言した。

「花恵の実名は報道されていないから、平尾と暮らしていることを知らなかった、と日向が言うのは本当だろ」

　山中も同調した。

「修一はどう説明するのか、綿貫警部補に聞いて貰えませんか？」

　しばらくして山中が綿貫と共に、戻ってきた。

「修一は何と言っているんですか？」

「修一も花恵と同じことを言っている。二人で筋書きを練ったのだろう」

　山中が説明したが、哲子には大きな心配があった。

「平尾を刺そうとしたのは修一で、平尾が自殺したことを証明できますかね」

「遺体は解体されてインキ中に散らばっているからな」

　山中が愚痴ったとき、絹がぼそっとひと言。

「手が残っていますよ」

「そうか、鑑識の谷さんを呼ぼう。何か証拠があるかもしれん」

　山中がスマホを掛けた。

　しばらくすると、ドアが開いて、谷が顔を出した。

「自殺なのか他殺なのか、何か手掛かりはありませんか」

絹が妙な質問を谷に投げ掛けた。

「自殺か他殺かの証拠ですか？　これを見てください」

谷が十枚ほどの写真を机に並べた。

「皮膚の表面は溶けていますが、左手の手のひらに凹凸の痕跡があります。これはナイフの柄の凹凸と一致しており、おそらく自分で刺したと推定できます」

修一もいざ人を刺すとなると、相当びびっていたに違いない。力では負けないはずの平尾にナイフを奪い取られたのだ。

「それなら自殺ですな」

山中が念を押すと、谷は「その通り」とうなずいた。

「花恵に見放されて悲観したんだな」

山中の見立てに、絹が即異議を唱えた。

「刑事さん、それは違うと思います。平尾氏は花恵に復讐したんです」

「そうか、生命保険だ」

哲子はようやく納得した。

すると、山中があわてた。

「どういうことですか？」

絹が詳しく説明した。

「平尾氏の自殺がばれると、生命保険が下りなくなるからです」

「確かに、自殺すると生命保険は無効ですね」

「だから自分で自分を刺したんですよ」

山中はようやく納得したようにうなずいた。


蚊帳の外に置かれていた綿貫が発言した。

「誰にでもわかるように説明して貰えませんか。そもそも、なぜ花恵は平尾を殺害しようとしたんですか？」

修一の供述しか訊いていない綿貫にすれば、当然湧く疑問だろう。

「花恵は海外に移住したくなかったんです。でも平尾氏の正体がばれると、事件の真相が明るみに出て、保険金も下りないので、平尾氏の殺害を思いついたんです。

それに平尾氏が株取引を自重したことで、資産も増えず、平尾氏の老後を世話する負担だけが残るからです。それよりは平尾氏を殺害して、住田銀行の口座にある金と保険金で贅沢しようと考えたのでしょう。

それで修一と相談して平尾氏の殺害計画を立てた。でも死体の処理をどうするか、と考えたとき、竜次さんのときの成功体験に倣って、日向さんを利用することを思いついたのでしょう」

絹が総括した。

「ようやく理解できました」

綿貫の言葉に、中村もうなずいた。

全員が納得したので三人の刑事は視聴室を出た。

取調室に戻った哲子は、鑑定結果を花恵に突きつけた。

「鑑識の鑑定で平尾は自殺と判明しました。日向はストーカーの男が自分で胸を刺したと言っており、平尾の遺体の鑑定結果と一致しています。

日向は、あなたがストーカーだと偽った男が平尾とは知らなかったようです。あなたがわざと教えなかったのでしょう。平尾の遺体と判ると日向はインキに練り込むのを拒むと考えたのですね」

「そんなことないわ。日向さんが刺したに決まってるでしょ。なぜ嘘をつくのか私にはわからない」

「そちらこそ嘘をつくのは止めにしませんか。自殺だと生命保険金は下りませんよ。

あなた自身は誰も殺していないんだから、全て正直に話せば刑は軽くて済みます。正直に話して、罪を償ってください」

哲子の言葉に、花恵はすすり泣きを始めハンカチで顔を覆った。今はハンカチに液体が滲んでいる。

一方、綿貫から鑑定結果を聞くと、修一は何もかも正直に打ち明けたそうだ。彼が殺人の罪を犯したわけではないし、刑を軽くしたいと思ったのだろう。

6

取り調べを終えた哲子は山中や綿貫と共に、再び視聴室に集合した。

「中村さん、我々にはもう少しあなたにお訊ねしたいことがあります。いいですか？」

三人の刑事を代表して哲子が中村に伝えると、中村は「はいどうぞ」といつも通りの気さくな返事を寄越した。

「平尾は、竜次さんのご遺体を練り込んだインキが、インキの性能を高めていることに気がついたんですね。でも身を隠すつもりなら、なぜそれだけで終わりにしなかったんですか。わざわざ万能水性インキを造る必要はないはずですが」

「その通りです。でも研究者として万能水性インキを完成させたかったのでしょう。性能が良さそうだと気が付いたのか、先生は連休中も休まず実験していました」

「研究者の意地ですか」

「意地ではなく、研究を完成させたいという本能です」

刑事に犯人逮捕の本能があるように、研究者にも科学を追及する本能があるのだろう。

哲子には、平尾の気持ちが理解できた。

「でも会社には、秘密を伝えたくなかったのですね。それほど恨みがあったのですか」

「釈放されてから社長や専務から聞いたのですが、昨年、会社の危機を回避するために、万能水性インキは完成していないとわかっていたのに、完成したと発表したそうです。

社長たちは当面の危機を避ければいいだけと軽く考えていたようですが、先生にしてみれば、すごいプレッシャーだったのでしょう。嘘がばれると研究者として致命的なダメージを負いますから。それで竜次さんの死をきっかけにトリックを思いついたんじゃないですか。

会社は先生が支えたといっても過言でないのに、最近になって冷遇され、報奨金も減ったと、周りには相当愚痴をこぼしていたそうです」

会社と研究者の葛藤は知解できた。

残る謎は、落書きインキや怪文書に使われたインキの経路だ。

「怪文書の印刷に使ったインキは、結局どこから出荷したのですか？」

すると絹が、十二個の黒丸を書いて説明し始めた。

「簡単です。平尾氏は連休中に、竜次さんのご遺体を練り込んで十二缶のインキを造りました。これをインキAとします。

そのうち六缶は花恵さんの供述どおり、退社時にキャリーバッグに詰めて外に運び出し、落書きインキに使いました。

残り六缶は顧問室に保管しておきました。そして姿を消した夜、このインキAの六缶にラベルを貼り、中村さんが造っているインキの製造ロット番号と、HG二文字のスタンプを押して出荷棚に置き、その後いつもどおり通用門から退社したんです。

このインキAの六缶は、出荷係が明くる日に、ラベルに押されたスタンプ印を確認して、東尾印刷に出荷しました。

また、そのインキAの六缶とは別に、同じ製造ロット番号だけのスタンプを押した空のインキ缶六個を製造現場に置いておきました。そして、このインキ缶のラベルに切手剥がし液を塗ったんです」

　ここで絹が説明を中断して、哲子たちを見回した。一度に説明すると消化不良になると思ったのだろう。

　そして、六個の白丸を書いて、説明を再開した。

「次に、一月十一日に中村さんが平尾氏の指導で造った万能水性インキをBとします。人体成分を含まないインキです。

　中村さんは、平尾氏が製造現場に置いたインキ缶六個に自分が造ったインキBを詰めました。そして、平尾氏の言いつけ通り、このインキ六缶を出荷棚に置きました。出荷先がわからない場合は、どこに出荷してもいい決まりなので、出荷係は営業と相談して出荷先を決めたんです。インキBは後に花房印刷に出荷されています。

　出荷棚には、平尾氏が造ったインキAが置いてありました。ラベルには中村さんが造ったインキと同じ製造ロット番号のスタンプが押してありました。でも、出荷棚には多くのインキ缶が置いてあるので、中村さんが気づくわけはありません」

「なるほど、インキAの六缶が神社などで落書きに使われたインキですね」

　哲子は、平尾が中村を犯人に仕立て上げようとした手口を理解した。

「で、印刷に使われたインキとどこで入れ替えたんですか？」

　飲み込みの悪い山中が訊いた。回りくどい説明よりも、そちらを早く知りたいのだろう。

「入れ替えていません。出荷棚に置かれていたインキAの六缶をそのまま東尾印刷に出荷し、そのインキで怪文書を印刷したのです。これは通常の流れです」

「それはおかしいでしょう。ラベルを貼り替えた跡があったじゃないですか」

山中はまだ納得していないようだった。

「山さん、貼り替えたように見せかけるため、インキBのラベルに切手剥がし液を塗っただけよ」

「その通りです。平尾氏の目論見どおり、インキAの六缶が東尾印刷に出荷されたのです」

絹の説明でようやく納得したのか、山中が頭を掻いた、

「中村さんの造ったインキは花房印刷に出荷されたんですか。岡山専務も花房印刷も正直に話していたんですね」

「それが判った上で私を釈放してくれたのかと思っていました」

不思議そうに言う中村に哲子が答えた。

「そうじゃないです。例のインキから平尾以外のＤＮＡが検出されたと判った段階で、事件を最初から見直すことになっただけです」

「まだ疑っていたんですか」

「うーん正直言いますと、私以外の刑事は疑っていたようです」

哲子がちらっと山中を見た。山中はというと、照れ隠しのような薄笑いを浮かべていた。

絹は、刑事たちに真相を話して一息ついた。

他に疑問はないかどうか、聞こうとしたとき、中村が山中に訊ねた。

「日向さんは今どうしているのですか」

「平尾が自殺だったと聞いて、中村さんに感謝していました」

「本当ですか」

「中村君が機械を止めてくれたおかげで、平尾先生の手が残り、私が殺人犯でないと証明されたんですね、と言ってます」

でも中村は日向の刑罰が気になるようだった。

「日向さんの罪はどうなるのですか？」

「死体損壊等罪だけですが、方法が残忍なので実刑になるかもしれません。でも花恵たちに脅迫されてのことですから情状酌量の余地は十分あります。執行猶予で済むか、実刑だとしても刑期は長くはないでしょう」

山中の予想を聞いた中村が、肩の荷を下ろしたように、深い息を吐いた。

「それを聞いて安心しました。それにしても、羽生さんは平尾氏のトリックをよく見破れましたね」

「平尾氏のご遺体を練り込んだインキの粒度が異常に細かいと言う中村さんの言葉をヒントに、何度も思考を巡らせてようやく平尾氏のトリックがわかってきただけです」

絹は言葉に実感を込めた。

「羽生さんの洞察力には感心しました。それに、何があっても真実を追究する、という信念がすごいです」

中村の言葉に、絹は言い添えた。

「樽井さんにも感謝する必要がありますよ」

「そうですね。樽井さんがあの記事を書かなければ、今頃私は社内で犯人だと後ろ指を指されながら働いていたでしょう。それにＤＮＡ鑑定までして下さったし」

「私から樽井さんに伝えておきます」

「先生もある意味気の毒な方でした。会社には随分貢献したのに、この四月で退職させられると怒ってました。会社への恨みがこの事件を引き起こしたのですね」

中村ってどこまで優しい人なんだ、と絹は思った。

「でも自分だって他人の手柄を横取りしていたんでしょう」

「そういう話はどの会社でもよく聞きます。先生のケースはやや過激だったかもしれませんけど」

「それにしても、平尾氏は寂しい一生を送ったんですね」

絹は、平尾が最後に自殺するときの絶望感を思いやった。

（※1）各証券会社の証券用語解説集参照

（※2）ウィキペディア参照

（※3）印刷用語集（日本印刷工業産業連合会）参照

（※4）例えば特許公開公報JP2013210295A参照

（※5）印刷用語集（日本印刷工業産業連合会）参照

（※6）A判を印刷するサイズ（＝A1）、大きさは594×841ミリ

（※7）妊娠中の母親の血液中に浮遊する胎児のDNA断片から、胎児のDNAを推定する手法を利用する。民間のDNA鑑定所で広く実施。

## 川嶋秋月（かわしましゅうげつ）

一九四四年大阪府生まれ、大阪大学工学部精密工学科卒業。電気系会社勤務の後、国内特許事務所に勤務。
その後、特許事務所を自営し、弁理士試験委員、弁理士会役員を歴任した後、退路を断つべく廃業し、子供の頃の夢だった作家に挑戦した。
一昨年八月に弁理士探偵羽生絹シリーズの第一作目『服を纏った白骨』を、昨年五月にシリーズ第二作目「雪女の時空方程式」を発行。


本書はフィクションです。実在の人物・団体とは一切関係ありません。


小説を完成するに当たり、パレードブックス社のご担当の皆様方に、数々の有益な助言を頂き、加筆・修正しました。厚く御礼申し上げます。

# 黒きインキの黙示録

2024年6月21日　第1刷発行

著　者　川嶋秋月《かわしましゅうげつ》

発行者　太田宏司郎
発行所　株式会社パレード
　大阪本社　〒530-0021　大阪府大阪市北区浮田1-1-8
　TEL 06-6485-0766　FAX 06-6485-0767
　東京支社　〒151-0051　東京都渋谷区千駄ヶ谷2-10-7
　TEL 03-5413-3285　FAX 03-5413-3286
　https://books.parade.co.jp
発売元　株式会社星雲社（共同出版社・流通責任出版社）
　〒112-0005　東京都文京区水道1-3-30
　TEL 03-3868-3275　FAX 03-3868-6588
装　幀　河野あきみ（PARADE Inc.）
印刷所　創栄図書印刷株式会社


ISBN 978-4-434-34005-5 C0093